青山学院大学文学部日本文学科

留学生のための日本文字入門

和 泉 書 院

留学生のための日本文学入門　**目次**

日本文学への招待

桜と日本人

　文学には、そのエスニシティ（ethnicity）の文化のエッセンスが詰まっています。私たちは、日本文学を通じて、日本人の物の見方や心のあり方を知ることができます。

　たとえば、日本人は花の中でも特に桜を愛好しています。春には多くの日本人が、桜の花を見て楽しむ「お花見」にでかけます。「お花見」は、咲き誇る桜の花を見ることで、秋の豊作を予祝（前もって祝うこと。celebration in advance）する民間の儀礼に始まったと考えられています。しかし、日本人の桜愛好を決定的にしたのは、平安時代の和歌でした。次の歌は、桜への深い愛情を詠んでいます。

　　　世の中に　たえて桜の　なかりせば　春の心は　のどけからまし
　　　　　　　　　　　　　　　　　　　　　　　　（『古今和歌集』・在原業平）

　　（もしこの世にまったく桜がないとするならば、春を過ごす人の心は、のどかでありましょうに。）

　「AせばBまし」は「反実仮想」という日本の古典語独特の語法です。現実とは反対のAという状況を仮に想定して、その時にはBということが起こるだろうと想像します。つまり、目の前の現実を拒否して、そうあってほしい状況に思いをはせるのです。この歌は、この世に桜がなかったならば、早く咲いてほしいとやきもきしたり、散らないでほしいと心配したりすることはないだろうに、と言っています。一見桜を嫌っているようですが、そうではありません。桜を愛するあまり、いっそのこと、桜が無ければよいのに、と憎まれ口を叩いているのです。

　なぜこれほどまでに桜を愛したかというと、華やかに咲き誇ったかと思うと、たちまち散ってゆく桜の様子に、時間の流れの中を生きる自然と人間の姿を見たからです。平安時代の貴族たちは、仏教を通じて、「この世」（現世）が無常であることを知りました。仏教は、はかない「この世」への執着を捨て、悟りを開き、悩みのない「来世」に生まれ変わることを説きます。しかし、平安時代の貴族たちは、無常であるからこそ、「この世」の限られた時間を精一杯生きる命をいつくしみ、その心を文学で表現したのです。それは、仏教を生んだ変化の激しいインドの自然に比べ、日本の自然がはるかに穏やかなものであったからです。平安時代より後の日本人もこの考え方に深く共鳴し、桜の文学・文化を洗練してゆきました。

日本語が創る文学空間

　また、文学にはそのエスニシティの言語の特徴も凝縮されています。日本語の特徴を最大限に引き出しているのが日本文学なのです。その例が、近代詩人・三好達治の次の詩です。

　ぜひ声に出して、読んでください。（振り仮名は現代仮名遣いに改めた。）
　　　太郎を眠らせ、太郎の屋根に雪降りつむ。
　　　次郎を眠らせ、次郎の屋根に雪降りつむ。　　　　　（「雪」『測量船』所収）

　繰り返し読んでいると、冬の夜、家々の屋根に雪が静かにやさしく降り積もり、その下で子

どもたちが一人一人眠りについて、それぞれの夢を結んでゆくという、懐かしさに満ちた情景が浮かび上がります。

　日本語は、母音（vowel）で終わる開音節（open syllable）を中心とする言語です。それだけに、母音が文の認識や印象に大きく関わっています。この詩がやさしい印象を与えるのは、前半に［a］［o］、終わりの方で［u］という、やわらかな音の母音を多く配置しているからです。また、日本語には、英語のようなストレスアクセント（強勢アクセント stress accent）がない代りに、ピッチアクセント（高低アクセント pitch accent）があります。英語の詩がストレスアクセントをもとに強弱のリズムを作るのに対し、日本語の詩はピッチアクセントを利用して、「調」（しらべ。音の調子・印象）を生み出します。この詩では「太郎」の「た」、「次郎」の「じ」が高く、また「雪」の「き」で少し上がります。高—低の繰り返しが、降る雪と、子どもたちが安らかに眠りに落ちてゆくことを生き生きとイメージさせます。

　さらに、「太郎を眠らせ」という冒頭部には主語がありません。後で「雪」が主語とわかりますが、主語がないことで、読み手に「太郎を眠らせる」母の温かな手を想像させます。主語が常に決まった位置にあるわけでない日本語の特徴を巧みに利用して、イメージを膨らませています。そして、この詩は、たった2行の単純な繰り返しでできています。しかし、繰り返しはこの2行で終わらずに、読者の心の中で「三郎、四郎……」と無限に続いてゆくように感じられます。それが、この詩に無限の空間の広がりを与えています。日本語の文章には、事柄を細かく書き込まず、「余白」を残して読者の想像力に訴えるという特徴があります。この三好達治の詩はもちろんですが、詩に限らず、物語や小説などの散文でも「余白」が残され、それが作品に広がりや陰影をもたらしています。

日本文学の世界へ

　日本文学が誕生したのは7世紀後半です。それから今日まで、1300年を超える歴史が刻まれてきました。その間に、和歌・連歌（れんが）・俳句・漢詩・新体詩・神話・説話・歴史文学・物語・近世小説・日記文学・随筆・近代小説・評論などの多様な文学作品が生み出されてきました。また、歌われた歌謡の歌詞や能・狂言・歌舞伎の詞章も文学作品にほかなりません。この本は、留学生の皆さんや、海外で日本文学を学ぶ皆さんが、このような日本文学に触れるための道しるべとして編まれたものです。日本文学の全体像を紹介し、また、日本文学を理解するために必要な知識を示しました。

　それでは、日本文学の世界に分け入ってみましょう。

= Discussion =

1．あなたの国では、どのような花が愛好されていますか。それはなぜですか。

2．日本文学では、人生のはかなさ、時のうつろいやすさが、大きなテーマとなっています。あなたの国の文学の主要なテーマは何であると思いますか。

3．あなたの国の詩の中で、最も好きな作品一編を朗読してみてください。その詩と三好達治の「雪」という作品の共通点と相違点を説明してください。

（小松靖彦）

日本の文字

　文字は、人間の社会的・文化的な営みの中で発達しました。文字について考えることは、文明の歴史、民族の相互交流の歴史、ことばの歴史、学問・芸術の歴史、さらには、政治や社会の問題について考えることにつながっていきます（アンヌ＝マリー・クリスタン（編）・澤田治美（日本語版監修）『ビジュアル版　世界の文字の歴史文化図鑑—ヒエログリフからマルチメディアまで—』柊風舎、2012年）。

　エジプト、メソポタミア、インド、中国に発祥した古代文明として、それぞれ、エジプト文明、メソポタミア文明、インダス文明、黄河文明があります（これらは、「四大文明」と総称されることもあります）。これらの文明は、大河流域に発生した文明であるという共通点に加えて、文字を持つ文明であるという共通点があります（エジプト文明：聖刻文字（ヒエログリフ）、メソポタミア文明：楔形文字（シュメール文字）、インダス文明：インダス文字、黄河文明：甲骨文字）。古代の高度な文明は文字と共にあったことがわかります。

　文字は、おおむね次のようなタイプに分けることができます。

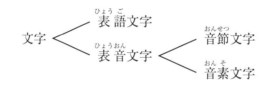

表語文字

　「表語文字」とは、基本的に1字が1語を表す文字のことです。表語文字は、音のみならず意味を備えた文字であるため、「表意文字」と呼ばれることもあります。表語文字の代表は漢字ですが、甲骨文字、楔形文字（シュメール文字）、聖刻文字（ヒエログリフ）などの「象形文字」（物の形を点や線でかたどって作られた文字）（表参照）も、基本的には表語文字です。

シュメール文字	エジプトの象形文字	中国の甲骨文字	補注
「水」			漢字の「川」の古い字形は 𝄞 𝄞.
「山」			漢字の古形は連山, とくにそのそびえるさまをかたどっている.
「足」			シュメール文字の足の象形は"足"の意味では使われない.
「鳥」			頭部のみを描くのはシュメール文字の特徴.
「魚」			いずれも魚の象形であるが, それぞれの特徴がよく現われている.
「蛇」			漢字は「它」の古形で, 蛇の原字.

象形文字の対照表（河野六郎・千野栄一・西田龍雄（編）『言語学大辞典　別巻　世界文字辞典』三省堂、二〇〇一年、四九八頁）

表音文字

　一方、「表音文字」とは、意味を持たず、ただ音のみを表す文字のことです。表音文字は、さらに、「音節文字」と「音素文字」に分けられます。音節文字とは、1字が1音節を表す文字のことです。音節とは、ある言語で、通常一まとまりの音として意識され、発音される音韻的な単位のことです。日本語では、基本的に仮名1字が1音節に相当します。したがって、日本語の平仮名・片仮名は典型的な音節文字です。一方、音素文字とは、1字が1音素を表す文字のことです。音素は、（音節よりもさらに小さい音の単位で）音韻論上の最小単位のことを言います。英語などの表記で使われるローマ字は典型的な音素文字です。

　現代の日本社会では、表語文字としての漢字、音節文字としての平仮名・片仮名、音素文字としてのローマ字が併用されています。これほど豊かな種類の文字を日常的に使用する国は、世界的にも歴史的にも類を見ません。スティーヴン・ロジャー・フィッシャー氏は、「日本語は、これまで地球上に存在した文字のなかで最も複雑な文字によって表記される」と述べています（スティーヴン・ロジャー・フィッシャー（著）・鈴木晶（訳）『文字の歴史—ヒエログリフから未来の「世界文字」まで—』研究社、2005年、255頁）。

漢字

　しかし、古くは日本には固有の文字がありませんでした。一方、中国大陸では、古くから文字が使われていました。中国大陸で文字が使われ始めたのはとても古く、現在知られている最古の文字は、殷（紀元前1027年（諸説あり）まで黄河流域に栄えた中国最古の王朝）の時代の甲骨文字で、今日知られる最古の漢字です（表参照）。

　中国大陸で生み出された漢字は、朝鮮、ベトナム、日本をはじめとする周辺諸国に広まり、中国大陸の文化の伝播やそれぞれの国の文化の向上に役立ちました。日本においては、漢字は、器物に書かれた形ではすでに1世紀に渡来していましたが、伝達のための媒体として取り入れられたのは、4、5世紀以後、朝鮮経由であったと考えられています（『角川古語大辞典』「漢字」）。

　伝来した当初は、漢字は、日本に伝わった中国語の発音（に近い発音）で読まれていました。このような中国の発音をもとにした漢字の読みを「音」と言います。やがて、「春」を「はる」、「山」を「やま」といったように、漢字を日本語（和語）でも読むようになりました。このような漢字の持っている意味にあてた日本語（和語）による読みを「訓」と言います。

　さらに、中国語の漢字の持つ意味を捨て去って、漢字を仮名的に用いる「万葉仮名」も生まれました。万葉仮名は、漢字を、本来の表語文字としてではなく、音節文字（仮名文字）として使ったものと言うことができます。万葉仮名によって、日本人の名前や中国語に乏しい助詞・助動詞などを漢字で表記することも可能となりました。漢字を仮名的に用いる万葉仮名の使用は、次の例のように、『万葉集』（現存最古の和歌集）に代表されるため、万葉仮名と呼ばれています（(1) の例文の現代語訳は『新編日本古典文学全集7　万葉集②』（小学館）に拠っています）。

(1)　　和我夜度尓　左加里尓散家留　宇梅能波奈　知流倍久奈里奴　美牟必登聞我母
　　　わがやどに　盛りに咲ける　梅の花　散るべくなりぬ　見む人もがも
　　　（わが家に　今満開の　梅の花が　散りそうになった　誰かに見せてやりたい）

（『万葉集』巻第五・851）

　万葉仮名の代表的な使い方に「借音」と「借訓」があります。両方とも意味を捨てた漢字の使い方です。借音とは、「やま（山）」を「夜麻」と表記するといったように、漢字の「音」を借りた万葉仮名の使い方のことを言います。借音に基づく万葉仮名は「音仮名」と呼ばれます。一方、借訓とは、「なつかし（懐かし）」を「夏樫」と表記するといったように、漢字の「訓」を借りた万葉仮名の使い方のことを言います。借訓に基づく万葉仮名は「訓仮名」と呼ばれます。

平仮名と片仮名

　次に平仮名、片仮名について見てみましょう。平仮名は、平安時代に入って、万葉仮名を草体に書きくずした「草仮名」をさらに簡素化することで生まれました。平仮名は、「男手」と呼ばれた漢字に対して、「女手」と呼ばれ、この時代の多くの仮名文学作品を書く文字として使われました。一方、片仮名は、平安時代に、学僧たちの間で経文（仏教の経典）に訓点を加えるために、万葉仮名を簡略化して用いたところに始まると考えられています（訓点とは、漢文を訓読する（漢文を日本語によって読む）ために、漢字の上や脇などに書き加える文字や符号のことです）。

　平仮名と片仮名はどちらも万葉仮名（漢字）を基にしてできた文字ですが、でき方の原理が異なります。平仮名は、万葉仮名（漢字）全体を〈崩す〉原理でできています。たとえば、平仮名の「あ」は万葉仮名（漢字）の「安」がもとになっていますが、「安」全体を崩すことによってできています。一方、片仮名は、万葉仮名（漢字）の字画（漢字を構成する点や線といった要素）の一部を〈省く〉原理でできています。たとえば、片仮名の「ア」は、万葉仮名（漢字）の「阿」がもとになっていますが、「阿」のうちの「阝」（こざとへん）が変化したもので、そのほかの字画を省くことによってできています。

ローマ字

　最後に、日本語におけるローマ字について見ておきましょう。明治時代以後、近代化政策を推し進めるのと同時に、日本の国字（国語を表記するものとして公式に採用する文字）をどのようなものにすべきかの議論が沸き起こりました。その中で国語の表記をローマ字にしようとする運動（ローマ字運動）も起こりました。

　さらに、第二次世界大戦後、アメリカ教育使節団（戦後日本の教育改革のあり方について勧告するため、連合国最高司令部（GHQ）の要請に基づいて、アメリカ政府から派遣された使節団）によって、国字に関する提言・勧告がなされました。

　アメリカ教育使節団は、『聯合国軍最高司令部に提出されたる米国教育使節団報告書』（米国教育使節団（編）、文部省（訳）、東京都教育局、1946（昭和21）年）の「第2章　國語の改革」の中で、「日本の國字は学習における恐るべき障害になつてゐる」（29頁）と指摘した上で、「史実と教育と言語分析とを考へあはせて、使節團は、早晩普通一般の國字においては漢字は全廢され、そしてある音標式表現法が採用されるべきものと信ずる」（30頁）と述べています。さらに、「使節團の判斷では、假名よりもローマ字に長所が多い。更に、それは民主的公民としての資格と國際的理解の助長に適するであらう」（31頁）と述べ、「ローマ字を是非とも一般に採用すること」（31頁、ルビは筆者）を提言しました（同報告書は、「国立国会図書館デジタルコレクション」でも公開されています。さらに詳しい内容を知りたい方は、https://dl.ndl.go.jp/info:ndljp/pid/1270203

をご参照ください)。

　アメリカ教育使節団による報告書は、戦後の日本の教育改革に重要な影響を与え、義務教育の中にローマ字教育が取り入れられる契機(けいき)の1つとなりました。

= Discussion =

1．あなたの国で使われている文字にはどのような歴史がありますか。

2．漢字や仮名の使用が廃止され、日本語が全てローマ字で表記されることになっていたら、日本語や日本の文化・社会にどのような影響が及んでいたと考えられるでしょうか。

(澤田　淳)

コラム 戦後日本と国字

　以下の文章は、国語学者である金田一春彦氏（1913年－2004年）の著書『日本語 新版（下）』（岩波書店、1988年）から抜粋したものです。第二次世界大戦後、占領下にあった日本は、国字をローマ字にするか否かの重大な岐路に立たされていました。当時、金田一氏は国語学者としてこの国字問題に深く関わりました。以下の文章は、当時の状況の一端を知ることができるエピソードです。

　日本語の表記法についてまず注意すべきことは、日本人の読み書き能力の高さである。かなり厳しい基準で計算しても、文盲率は一・七％だろうという（『岩波講座・日本語』1柴田武）。

　筆者は直接関係したので印象は鮮やかであるが、終戦直後、占領軍が日本を支配した時に、アメリカの文部省・日本支部ともいうべきCIE（民間情報教育局）では、日本語の表記法の難しさに驚き、日本人の幸せのため、日本人に漢字や仮名を捨てさせ、ローマ字を使わせようとした。ただし、その時にしたことがえらい。何年何月何日から一斉にローマ字を使えという指令は出さなかった。その前にすべての日本人に読み書き能力の客観的な調査を行い、その結果、おまえたちはこのように読み書き能力が低い、だからローマ字を使うようにせよという段取りをとろうとしたのである。

　そのために、CIEでは各市役所・区役所・町村役場へ行って、戸籍簿を提出させ、一万人おきにしるしをつけた。そうして、その人間は何年何月何日に小学校へ出て来て試験を受けろという命令を発した。

　筆者は、石黒修のもとで、柴田武らとまず問題を作るところからはじめた。第一問は平仮名が読めるかどうか、第二問はカタカナが読めるかどうか……という具合で、最後の問題は新聞の社説を読んでその意味が理解できるかを試す問題、そういう問題を一時間に応答できるように作り、それを全国で一斉に同じ日に試験できるように計画したのだから、大変だった。

　今だったら、そんな試験をすると言っても一人も出席しないかもしれないが、当時はアメリカの命令と言ったら、どんな無理でも聞かなければいけないという時世である。筆者の担当地域は、神奈川県の小田原地区だったが、当日、試験場へ乗り込んでみると、一時間も前からみな教室に集まっている。たった一人、席があいているので、調べてみると、東京で二度火災に遭い、小田原の親戚の二階の一間に家族五人で暮らしている、そのうちの老婆が指名されていたことがわかった。

　筆者はひとりでも欠けたらまずかろうと、その老婆を呼びに行ったところ、彼女は小学校へも行かなかったために仮名もろくに書けず、字を習うのは今度生まれたらのことにしようと思っていたという人間なので、CIEから呼び出しが来た時に、熱を出して寝込んでしまった。

　そこへ筆者が訪ねたので、彼女は驚いた。にわかに飛び起きて、ふとんから出、畳の上に正座して、「私のようなものが行って試験を受けては、天皇陛下しゃまの恥になります。

どうかお見逃がし下さい」と、額を畳にすりつける。そうして、「これは私の娘でござい
ますから、どうぞこれを身代りに連れて行って下さいませ」と懇願する。娘はもう行くつ
もりで、きれいな和服に着替えて誘いを待っている。まるで人身御供だ。筆者は、「いや、
これはどうしてもお婆さんでなければ。これはクジにあたったので、お婆さんはクジ運が
強いから次は宝くじにあたるでしょう」などといい加減なことを言っていたら、お婆さん、
心を決めた。「わかりました。私が参りましょう」と言い放ち、紋付き羽織で出てくること
になった。

　筆者はお婆さんを連れて試験場に行き、やがて試験がはじまったが、その緒果はどうで
あったか。日本全国の試験の成績を見ると、全体の成績は驚くべきほどよく、なるほど満
点をとった人こそ少なかったが、文盲はゼロに近かった。これは石黒ほか編の『日本人の
読み書き能力』という本に出ているから参照されたい。

　筆者が連れて来た老婆はどうしたか。筆者は、零点をとるだろうかとかわいそうに思い
ながら答案をのぞいてみたら、その老婆の名前が「はな」だったか、この二字だけは読め
るので、次の文字のうち「はる」というのはどれですか、と口頭で聞いて〇を付けさせる
問題だけは出来、一〇〇点満点のうち、五点とったのだった。

（金田一春彦（著）『日本語 新版（下）』岩波書店、1988年、1-3頁、ルビは筆者）

（澤田　淳）

日本語の歴史

　日本列島には、日本語、琉球語、アイヌ語の３つの言語が存在します（琉球語とアイヌ語は、ユネスコ（国際連合教育科学文化機関）が2009年に公表した報告書 "Atlas of the World's Languages in Danger"（世界消滅危機言語地図）において消滅の危機にある言語と認定されました）。日本語と琉球語は、奈良時代以前に「日本祖語」（または「日流祖語」）から分かれた言語であり、互いの同族関係が証明されています（そのため、琉球語は「琉球方言」と称されることもあります）が、いずれもその他の言語との同族関係は証明されていません。アイヌ語は、日本語と琉球語はおろか、他のいかなる言語との同族関係も不明な言語です。日本語の起源（または、日本語がどのような言語の系統に属するか）をめぐっては、これまで様々な説が提出されてきましたが、いまだ定説とよぶべきものがありません。

　日本語の歴史を直接的に（客観的に）知る手がかりは文献資料（文字資料）となります。ただし、文献資料の数や種類は古い時代ほど限られてきます。また、古い時代の日本語にも当然バリエーション（方言）は存在したはずですが、文献資料から見えてくる日本語のバリエーションはごく一部にすぎません。たとえば、『万葉集』の東歌や防人歌は、上代の「東国方言（東国語）」（おおむね、関西地方より東の関東地方を中心とする東日本地域の言語）を知る貴重な資料ですが、そこから得られる東国方言の情報は限られます。したがって、日本語の歴史や変遷は、文献資料が集中しやすい政治・文化の中心地である都のことば、すなわち、「中央語」を中心に記述されることになります（ただし、日本語の中央語の位置は、歴史的に、畿内から江戸・東京に移る点には留意する必要があります）。

日本語の変遷と『平家物語』

　以下、日本語（中央語）におけることばの変遷の様子の一端を見てみましょう。次の例は、鎌倉時代の作品『平家物語』における一節です。ある日、頼朝（兵衛佐）は、伊豆に配流されてきた僧侶（もとは北面の武士）である文覚に、清盛との争いに敗れた亡き父、義朝の髑髏と称する骨を見せられ、平氏追討の旗揚げを勧められます（例文の本文および現代語訳は、『新編日本古典文学全集45　平家物語①』（小学館）に拠っています）。

(1)　（略）ふところより白いぬのにつつんだる髑髏を一つとりいだす。兵衛佐、「あれはいかに」と宣へば、「これこそわとのの父故左馬頭殿のかうべよ。平治の後獄舎のまへなる苔のしたにうづもれて、後世とぶらふ人もなかりしを、文覚存ずる旨あって、獄守にこうてこの十余年頸にかけ、山々寺々をがみまはり、とぶらひ奉れば、いまは一劫もたすかり給ひぬらん。されば文覚は故頭殿の御ためにも奉公の者でこそ候へ」と申しければ、兵衛佐殿一定とはおぼえねども、父のかうべときくなつかしさに、まづ涙をぞながされける。其後はうちとけて物語し給ふ。　（『平家物語』巻第五　福原院宣・390-391頁）

　　（ふところから白い布に包んだ髑髏を一つ取り出す。兵衛佐は、「それはなんだ」と言われると、「これこそ、あなたの父上、故佐馬頭殿（義朝）の首ですよ。平治の乱の後、獄舎の前の苔の下に埋もれて、後世を弔う人もなかったのを、文覚は思うところあって、牢番人に頼ん

で貰ってきて、この十余年、首にかけて山々寺々を参拝して歩いて、お弔いしたから、今は長い間の苦しみからも救われなさったでしょう。だから文覚は故佐馬頭殿の御ためにも尽した者でございますよ」と申したので、兵衛佐殿は、確かにそのとおりだとは思われないけれども、父の首と聞いて懐かしさに、何より先に涙をお流しになったのであった。それ以後はうちとけて話をなさる。）

　琵琶法師によって語られたことで広く愛好された『平家物語』は、その後、宣教師達の日本語・日本史学習書ともなりました。『天草版平家物語』（1592年成立）は、イエズス会士によって、室町時代末期頃の中央語（京都方言）の口語を使って書き直された平家物語です（本文は、ポルトガル語のつづり方を基本とするローマ字表記の日本語で書かれています）。次の（2）は、（1）の箇所に対応する『天草版平家物語』の本文です（本文は、『天草版平家物語対照本文及び総索引本文篇』（明治書院）に拠っています）。

（2）　（略）白いぬので包んだ髑髏を一つ取り出いたれば、頼朝それわ何ぞと問わるるに、これこそをん身の父佐馬頭殿の頭でござれ。平治の合戦ののち苔の下に埋まれさせられてのちわ、後生を弔う人もなかったを、それがし存ずる旨があって、これをとって四十年首にかけ、山々、寺々ををがみめぐって弔い奉ったと、言うたれば、頼朝一定とわ思われなんだれども、ちちの首と聞かるれば、まづ涙を流いてそののちわうちとけて物語をめされて仰せらるるわ：（以下省略）

（『天草版平家物語』巻第二・第九・301頁）

　鎌倉前期頃に成立したと推定される『平家物語』と室町末期に成立した『天草版平家物語』との間にはおよそ300年ほどの隔たりがあると言えますが（ただし、『平家物語』の正確な成立年は未詳です）、両作品の本文対照を通して、日本語がその間いかなる変遷を遂げたのかが少し見えてきます。
　たとえば、（1）では、「後世とぶらふ人もなかりしを」と過去の助動詞「き」（の連体形「し」）で表されている箇所が、（2）では、「後生を弔う人もなかったを」と「た」で表されています。古くから、「き」は、「けり」と共に過去を表す時制形式として使用されていましたが、日本語の過去を表す時制形式は、次第に（完了の助動詞「たり」から変化した）「た」へと置き換わっていきました。
　さらに、（1）では、文覚が取り出して見せた髑髏を頼朝は「あれはいかに」とア系の指示詞で指示しているのに対し、（2）では同様の場面で頼朝は「それわ何ぞ」とソ系の指示詞で指示しています。現代語でも、聞き手が手にする対象はソ系指示詞で指示され、ア系指示詞では指示できません。聞き手領域とソ系指示詞が固定的に結びつくようになるのは、室町末期以降であると考えられ、それ以前の日本語では、英語のthatのように、聞き手領域の対象を遠称のア系やカ系の指示詞で指示することが可能でした。「聞き手領域指示のソ」の確立は、「相対敬語」の確立（「日本語の特徴」の章を参照）とも関連する現象であり、日本語における話し手と聞き手の人称区分の形成の歴史を考える上で重要です。

「ら抜きことば」

　このように、文献資料によって、古い時代の日本語の姿や日本語がたどってきた歴史的変遷の過程を知ることができますが、日本語の歴史は、日本語における現在進行中の変化や未来の日本語の姿について考える手がかりも与えてくれます。ここでは、その１つの例として「ら抜きことば」を取り上げてみます。

　ら抜きことばは、一般には、上一段・下一段動詞（「見る」、「食べる」など）やカ変動詞「来る」の未然形に「可能」の意味を表す助動詞「られる」が付いたものから、「見られる→見れる」、「食べられる→食べれる」、「来られる→来れる」のように「ら」が脱落した表現とされます。ら抜きことばは、日本語の使い方としては正しくない（誤用である）とみなされる傾向が強く、実際、新聞やニュースなどの公的な文章や談話では、ら抜き言葉の使用は避けられています。ところが、文化庁による「平成27年度（2015年度）国語に関する世論調査（よろんちょうさ）」において、ら抜きことばに関する興味深い実態が報告されました。そこでは、調査対象となった言葉のうち、「見（ら）れる」と「出（ら）れる」では、「ら抜き」を使う人の割合が「ら抜き」を使わない人の割合を上回るという結果が報告されています。文化庁による1995年度の調査開始以来、初めて「ら抜き」が多数派となる例が出たのです。

（4）「見られた／見れた」

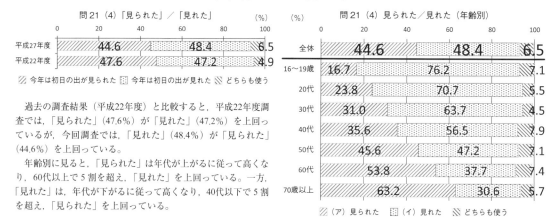

　「ら抜き」（例：「見れた」）が「非ら抜き」（例：「見られた」）を上回ることは、実は、極めて自然な変化であると言えます。

　現代では、五段動詞で「可能」の意味を表す場合、「書かれる」や「読まれる」といった可能の助動詞「（ら）れる」を伴った形（以下、「（ら）れる」形）は不自然であり、「書ける」「読める」といった「可能動詞形」のほうが自然です。しかし、かつては、次の例のように、五段動詞は「（ら）れる」形によって「可能」の意味を表すことができました。

(3)　　鉛筆が無くなりかけていますから、もうあまり長く書かれません。

　　　（夢野久作「瓶詰地獄」（1928（昭和３）年初出）『ちくま日本文学全集22　夢野久作』（筑摩書房、1991年）所収、41頁、下線は筆者）

　しかし、五段動詞の「可能」を表す形式としては、次第に、「（ら）れる」形は使われなくなり、可能動詞形のみが使われるようになりました。

　このような観点から、改めて一段動詞やカ変動詞における「ら抜き」形について考えてみますと、一段動詞やカ変動詞における「ら抜き」形も、実は可能動詞形であると見ることができます。

	「（ら）れる」形	可能動詞形（ら抜き形）
五段動詞：例）書く	書かれる　　kak**ar**eru	書ける　　kakeru
一段動詞：例）見る	見られる　　mir**ar**eru	見れる　　mireru
カ変動詞：例）来る	来られる　　kor**ar**eru	来れる　　koreru

表　五段動詞と一段・カ変動詞の可能動詞形（ら抜き形）

　上の表で示されるように、五段動詞の可能動詞形、一段動詞・カ変動詞の可能動詞形（＝ら抜き形）は、いずれも「（ら）れる」形から「-ar-」が脱落した形式となっていることがわかります。

　五段動詞において、専ら可能動詞形が使われるようになったのと同じように、一段動詞・カ変動詞においても、専ら可能動詞形（ら抜き形）が使われるようになることが予測されます。実際、「平成27年度（2015年度）国語に関する世論調査」の結果は、この予測を裏づけていると言えます。

=Discussion=

１．自分の母国語の歴史について紹介してみましょう。

２．次の調査結果から、「やる」「あげる」においてどのような変化が読み取れるでしょうか。また、「やる」「あげる」は、現代では、それぞれどのような意味に変化しつつあると言えるでしょうか。

（11）「水をやる／水をあげる」

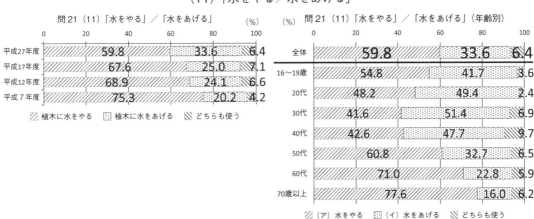

図　平成27年度「国語に関する世論調査」の結果の概要（文化庁、18頁）〈一部改変〉

（澤田　淳）

コラム 歴史的仮名遣いの読み方

　古文の表記は、一般に、平安時代中期以前の仮名の使い方に基づく「歴史的仮名遣い」が用いられます。たとえば、古文では、男は「おとこ」ではなく、「をとこ」と表記されています。これは、古くは実際に、男は「ヲトコ」と発音されていたからです。

　しかし、現代の私たちが古文を読む際には、一般に、現代語の発音の仕方に即して読むことになっています。先ほどの例で言えば、古文に出てくる「をとこ」は、「オトコ」と発音して読むことになっているわけです。以下は、歴史的仮名遣いの読み方の基本的なルールです（左の平仮名は、右の片仮名の表す音で読みます。小田勝（著）『実例詳解古典文法総覧』和泉書院、2015年、7頁参照）。

---

①ゐ→イ、ゑ→エ、を→オ、ぢ→ジ、づ→ズ、くわ→カ、ぐわ→ガ
　　例：くわざんゐん（花山院）、ふぢ（藤）、みづ（水）、ぐわん（願）

②「ア段音＋う・ふ」→オー　　例：かうい（更衣）、たまふ（給ふ）
　「イ段音＋う・ふ」→ユー　　例：うつくしう（美しう）、かしふ（歌集）
　「エ段音＋う・ふ」→ヨー　　例：せうそこ（消息）、けふ（今日）
　「オ段音＋う・ふ」→オー　　例：そうづ（僧都）、ほふし（法師）
　「オ段音＋を・ほ」→オー　　例：とをか（十日）、こほり（氷）

③（和語の単純語で）語頭以外の「は・ひ・ふ・へ・ほ」→「ワ・イ・ウ・エ・オ」
　　例：かは（川）、かへす（返す）、にほひ（匂い）

　　　　　　　　　　　　　　　　　　　※ただし、上記の読み方の例外となる語も存在します。

　平安中期の作品に『枕草子』があります（作者は清少納言）。次の文章は、『枕草子』の第一段の文章です（本文と現代語訳は、『新編日本古典文学全集18　枕草子』（小学館）に拠っています）。ここでは、それぞれの季節に見られる情景が描かれています。ここでは、特に下線部の語の読み方に注意しながら、この文章を読んでみましょう（下線部の語の読み方に迷ったら、上の①～③のルールを確認してみてください）。

(1)　　　春はあけぼの、やうやうしろくなりゆく山ぎは、すこしあかりて、紫だちたる雲のほそくたなびきたる。
　　　　夏は夜。月のころはさらなり。闇もなほ、蛍のおほく飛びちがひたる。また、ただ一つ二つなど、ほのかにうち光りて行くもをかし。雨など降るもをかし。
　　　　秋は夕暮。夕日のさして山の端いと近うなりたるに、烏のねどころへ行くとて、三つ四つ、二つ三つなど飛びいそぐさへあはれなり。まいて雁などのつらねたるが、いと小さく見ゆるは、いとをかし。日入り果てて、風の音、虫の音など、はた言ふべきにあらず。

冬はつとめて。雪の降りたるは言ふべきにもあらず、霜のいと白きも、またさらでも
いと寒きに、火などいそぎおこして、炭持てわたるも、いとつきづきし。昼になりて、
ぬるくゆるびもていけば、火桶の火も、白き灰がちになりてわろし。

（『枕草子』一　春はあけぼの・25-26頁）

（春はあけぼの。だんだん白んでくっきりとしてゆく山ぎわが、少し赤みを帯び明る
くなって、紫がかった雲が細く横になびいているの。

　夏は何といっても夜だ。月のあるころは言うまでもない、闇もやはり、蛍がたくさ
ん入り乱れて飛びかっているの。また、たくさんではなく、ただ一つ二つなど、かす
かに光って飛んで行くのも、夏の夜の快い趣がある。雨などの降るのもおもしろい。

　秋は夕暮。夕日がさして、もう山の端すれすれになっている時に、烏がねぐらへ行
くというので、三つ四つ、二つ三つなど、飛んで急いで帰るのまでしみじみとした感
じがする。まして雁などの列を作っているのが、ひどく小さく見えるのは、とてもお
もしろい。日がすっかり沈んでしまって、風の音や虫の音などが聞えるのもやはり、
言いあらわしようもなくよいものである。

　冬は早朝。雪が降っているのは、言うまでもない、霜がたいへん白くおいたのも、
またそうでなくてもとても寒い時に、火などを急いでおこして、炭火を持って行き来
するのも、極めて冬の早朝に似つかわしい。昼になって、だんだん寒気がうすらいで
ゆるむ一方になってゆくと、火鉢の火も、白い灰が多くなってしまって、好もしくな
い。）

下線部の語を、上の３つのルールに従って読んでみると、次のようになります。

①のルールによって：「をかし」、「ひをけ」（火桶）
②のルールによって：「やうやう」、「ちかう」（近う）
③のルールによって：「山ぎは」、「なほ」、「おほく」、「ちがひ」、「ゆふぐれ」（夕暮）、「さへ」、
　　　　　　　　　「あはれ」、「言ふ」、「はひ」（灰）

（澤田　淳）

日本語の特徴

日本語の特徴は、文字・表記、音韻、語彙、文法など様々な面で認められます（日本語の文字・表記については、「日本の文字」の章を参照）。

音韻と語彙、役割語など

音韻の面では、子音で終わる「閉音節」が普通に見られる英語と異なり、日本語は大部分の音節が母音で終わる「開音節」の言語であるという特徴が挙げられます。このため、英語から外来語を取り込む際には、「hand（手）→「ハンド」(hando)」のように、開音節としての日本語の特徴に合わせて取り込まれます。

語彙の面では、日本語は「語種」が豊富です。語種とは、出自、つまり歴史的なルーツに基づく語彙の分類のことです。日本語の語種には、「和語」「漢語」「外来語」、さらにそれらを組み合わせた「混種語」があります（混種語には、漢語と和語の結合形（例：「重箱」「表門」）、和語と外来語の結合形（例：長ズボン）、漢語と外来語の結合形（例：「缶詰セット」）があります）。語種が豊富な日本語は、必然的に多くの類義語のセットを持ち、それらに語感の違いも付与します（例：「乳母車／ベビーカー」「手紙／書簡／レター」）。

オノマトペが豊富である点も日本語の特徴です。オノマトペは、「トントン」（ドアをノックする音）や「ワンワン」（犬の鳴き声）などのように、音や声を写し取った「擬音語・擬声語」と、「つるつる」（なめらかなさま）や「ねばねば」（糸が引くように粘り気があるさま）などのように、視覚・触覚などの感覚印象を捉えた「擬態語」に分けられます。

さらに、「役割語」のバリエーションが豊富である点も日本語の大きな特徴と言えます。役割語とは、話者の特定の人物像（年齢・性別・職業・階層・時代・容姿・風貌・性格など）を想起させる特定のことば遣いのことを言います。たとえば、「変だわ」「行くわよ」のように文末に「だわ」「わよ」を付けた発話は、話者が女性であることを強く想起させます。日本語における終助詞や人称代名詞の多様さが役割語のバリエーションを支えているとも言えるでしょう。日本のフィクション作品（小説や漫画）では、特定の人物像に結びついていると日本語話者にイメージされているステレオタイプ的なことば遣いである役割語が極めて効果的な役割を果たしています（金水敏（著）『ヴァーチャル日本語　役割語の謎』岩波書店、2003年）。

文法（特に文構造）の面では、日本語は、「膠着語」と呼ばれる言語類型上の特徴を持っています。語幹や語に、さらに助詞・助動詞・補助動詞などの機能語を付加して、様々な文法範疇（使役、受身、時制など）が表されます（例：家-で-は　母親-に　野菜-ばかり-を　食べ-させ-られ-て-い-ます）。

敬語

他言語と比較した場合、日本語の最も際立った文法的特徴と言えるのが「敬語」です。敬語に類する言語表現は世界の様々な言語でも見られますが、日本語の敬語は、一部の語彙にのみ見られるものではなく、述語部分を中心に体系的・組織的に発達している点に特徴が認められます（述語部分において、敬語を体系的・組織的に発達させている言語としては、ほかに朝鮮語・韓国語がよく知られています）。

　日本語の敬語は、従来、尊敬語、謙譲語、丁寧語の3種類に分けられるのが一般的でしたが、近年、5種類に分けるのが一般的となっています。5分類では、謙譲語をⅠとⅡに分ける点、美化語と丁寧語を分ける点に特徴があります。

	5種類	3種類
尊敬語	「いらっしゃる・おっしゃる」型	尊敬語
謙譲語Ⅰ	「伺う・申し上げる」型	謙譲語
謙譲語Ⅱ（丁重語）	「参る・申す」型	
丁寧語	「です・ます」型	丁寧語
美化語	「お酒・お料理」型	

表　文化審議会答申『敬語の指針』（2007年）による（ルビは筆者）

　以下、『敬語の指針』の記述に沿って、尊敬語、謙譲語Ⅰ、謙譲語Ⅱ、丁寧語、美化語の特徴を見ていきましょう。

　「尊敬語」は、動詞の場合、主語（おおむね行為を行う人）を高めます。動詞の尊敬語には、「いらっしゃる」「おっしゃる」のような特定の語形と、「お・ご～になる」（例：お使いになる、ご利用になる）、「～（ら）れる」（例：使われる、利用される）、「（ご）～なさる」（例：（ご）利用なさる）のような一般的な語形とがあります。名詞の尊敬語（例：お名前、お体、ご住所）もあり、「～の」で示される人（所有者）を高めます。

　「謙譲語Ⅰ」は、動詞の場合、補語（おおむね行為の向かう先の人）を高め、同時に、主語（行為を行う人）を補語よりも低めます。動詞の謙譲語Ⅰには、「伺う」「存じ上げる」のような特定の語形と、「お・ご～する」（例：お待ちする、ご案内する）や「お・ご～申し上げる」（例：お待ち申し上げる、ご案内申し上げる）のような一般的な語形とがあります。名詞の謙譲語Ⅰ（例：（先生への）お手紙、（先生への）御説明）もあり、行為の向かう先の人を高めます（同時に行為を行う人を低めます）。ちなみに、「（先生からの）お手紙」「（先生からの）御説明」であれば、行為を行う人を高める尊敬語となります。

　「謙譲語Ⅱ」は、主語（主に話し手側）を低め、聞き手に対して改まって丁重に述べる敬語で、「丁重語」とも呼ばれます。補語（行為の向かう先の人）を高める機能は持たず、また、敬意が聞き手に向かう点で、謙譲語Ⅰとは異なります。動詞の謙譲語Ⅱは、「参る」「申す」「いたす」「存じる」などのような特定の語形と、「～いたす」（例：利用いたす）のような一般的な語形があります。いずれも、通例、丁寧語の「ます」と共に使われます。名詞の謙譲語Ⅱには「拙著」「小社」「愚見」などがありますが、ほぼ書き言葉専用語です。

　「丁寧語」は聞き手に対して丁寧に述べる表現で、「です」「ます」「ございます」があります。

　「美化語」は、物事を美化して述べる敬語です。美化語の多くは、名詞あるいは「名詞＋する」型の動詞であり、前に「お」を付けます（例：お酒、お料理（する））。美化語は、特定の人物（話題の人物や聞き手）に対する敬意を表すものではありませんが、高めるべき相手に配慮して述べる時に使われやすいという点において敬語に含めることができます（例：［先生に向かって］先生、｛△酒／○お酒｝をおつぎしましょうか）。

相対敬語

　現代の日本語の敬語が複雑なのは、上のような様々な種類の敬語があることに加えて、「相対敬語」と言われる運用法を持つためです。　相対敬語とは、聞き手の存在に左右される敬語運用のことを言います。たとえば、次の例をみてみましょう。

(1) 客：鈴木社長はいらっしゃいますでしょうか。山田電工の高橋と申します。
　　　受付：【鈴木社長に電話をする】ただいま ｛×いらっしゃいます／○まいります｝ ので、そちらでお掛けになってお待ちくださいませ。

　受付の者にとって社長は上位者ですが、この場面では尊敬語の「いらっしゃる」の使用は不適切となり、謙譲語Ⅱの「まいる」を使う必要があります。現代日本語の敬語の使用ルールとして、「他人に対して話す場合、話し手は自分側の人間（身内）を高めてはいけない」というルールがあるからです。

　さて、敬語の基本的な機能は話題の人物や聞き手に対する敬意を示すことですが、敬語には省略された主語の人称を復元するという副次的な機能があります（菊地康人（著）『敬語』講談社、1997年）。

(2) （ホテルで。従業員から客への発話）
　　　a. おかばん、お持ちになりますか。
　　　b. おかばん、お持ちしますか。

　日本語は、主語を省略させることの多い言語です。上の例でも主語が省略されています。そのため、一見すると、a文とb文では、従業員と客のどちらがかばんを持つのかがわからないように感じられます。しかし、実際には、かばんを持つ人（主語）はa文では客で、b文では従業員であることが敬語部分によって明らかです。a文では、尊敬語が使われているため、主語は相手（客）であることがわかり、b文では、謙譲語Ⅰが使われているため、主語は話し手（従業員）であることがわかります。

　日本語では、敬語以外にも、主語の省略を支える言語表現が豊富にあります。「～てくれる／～てあげる」などの授受表現や「～てくる」などの方向表現などです。

(3) （話し手が恋人との関係について話している場面）
　　　a. 毎日 ｛電話をしてあげる／電話をする｝ の。
　　　b. 毎日 ｛電話をしてくれる／電話をしてくる｝ の。

　この例では、「～てあげる」「～てくれる」「～てくる」が持つ人称的な方向性の違いによって、a文の主語は話し手、b文の主語は恋人であることがわかります。また、a文の「電話をする」のように動詞単独形で使われた場合、普通、主語が話し手として解釈されます。

=Discussion=

1．次のa～hの発話から想起される人物像をア～クから選んでみましょう。また、それぞれ
　の人物像を特定する言語的な手がかりに印をつけてみましょう。

a	そうよ、あたしが知ってるわ（　）	ア	お武家様
b	そうじゃ、わしが知っておる（　）	イ	（ニセ）中国人
c	そや、わてが知っとるでえ（　）	ウ	老博士
d	そうじゃ、拙者が存じておる（　）	エ	女の子
e	そうですわよ、わたくしが存じておりますわ（　）	オ	田舎者
f	そうあるよ、わたしが知ってるあるよ（　）	カ	男の子
g	そうだよ、ぼくが知ってるのさ（　）	キ	お嬢様
h	んだ、おら知ってるだ（　）	ク	関西人

（金水敏（著）『ヴァーチャル日本語　役割語の謎』岩波書店、2003年）

さらに、自分の母語ではどのような役割語が見られるのか紹介してみましょう。

2．社内の人だけがいる会で、司会者が「社長からご挨拶を頂きます」と言うのは適切ですが、
　社外の人も多くいる会で、司会者が「社長からご挨拶を頂きます」と言うのは不適切とな
　ります。これはなぜでしょうか。この場合、どのような言い方にすれば適切になるのかに
　ついても考えてみましょう。

3．次の文章は、川端康成（かわばたやすなり）の名作「伊豆の踊子（いずおどりこ）」（1926（大正15）年発表）における一節です。
　一高生（いちこうせい）（旧制高校生（きゅうせい））の「私」が伊豆での一人旅で出会った旅芸人一座（たびげいにんいちざ）の幼い「踊子」と
　の別れの場面が情景豊かに描かれています。

　　この文章の中の「さよならを言おうとしたが、それも止（よ）して、もう一ぺんただうなずい
　て見せた」主体（主語）は、「私」と「踊子」のどちらでしょうか。その理由と共に考えて
　みましょう。

　（i）　はしけはひどく揺れた。踊子はやはり唇をきっと閉じたまま一方を見つめていた。
　　　　私が縄梯子（なわばしご）に捉まろうとして振り返った時、<u>さよならを言おうとしたが、それも止（よ）</u>
　　　　<u>して、もう一ぺんただうなずいて見せた</u>。はしけが帰って行った。栄吉はさっき私
　　　　<u>がやったばかりの鳥打帽（とりうちぼう）をしきりに振っていた</u>。ずっと遠ざかってから踊子が白い
　　　　ものを振り始めた。　　　　　　　　　　　　　　　　（下線、一部追記のルビは筆者）

　　　　　　　　　　（川端康成「伊豆の踊子」『伊豆の踊子・温泉宿　他四篇』岩波書店、101-102頁）

　注）はしけ……「はしけぶね」の略。大型船と陸との間を往復して貨物や乗客を運ぶ小舟。
　　　縄梯子（なわばしご）……縄で作ったはしご。
　　　鳥打帽（とりうちぼう）……ひさしのついた丸く平たい帽子。ハンチング。

　　　　　　　　　　　　　　　　　　　　　　　　　　　　　　　　　　　（澤田　淳）

22

コラム 方言

　日本語の歴史を明らかにする方法としては、古い文献をもとに調べる方法以外に、「方言地理学」と呼ばれる方法があります。方言地理学とは、ことばの地理的分布の調査をもとに言語地図を作製し、その言語地図をもとにことばの歴史を探る研究法のことです。

　方言地理学の中での重要な理論の１つに、民俗学者の柳田国男（やなぎ　た　くに　お）によって提唱された「方言周圏論（しゅうけんろん）」と呼ばれる理論があります。方言周圏論はことばの伝播（でんぱ）理論の１つです。方言周圏論では、「文化的中心地に近いところに分布することばほど新しく、そこから離れたところに分布することばほど古いものである」という解釈（または予測）を与えます。

　ここでは、一例として、授与動詞「やる／くれる」を取り上げてみましょう。

　「やる」「くれる」は、ともに、与え手が主語（〜が）、受け手が与格目的語（〜に）で示される授与動詞ですが、現代共通日本語では「やる」と「くれる」が人称的な方向性によって対立します。次のa文のように、話し手側から話し手以外の側への「遠心的な方向の授与」に対しては「やる」が使われ、逆に、話し手以外の側から話し手側への「求心的な方向の授与」に対しては「くれる」が使われます。

(1)　　a.　僕が太郎にお金を ｜○やった／×くれた｜。
　　　　b.　太郎が僕にお金を ｜×やった／○くれた｜。

　ところが、日本語の方言の中には、授与動詞が人称的な方向性による「やる／くれる」の区別を示さない方言があります。右頁の地図は、日本全国に見られる授与動詞の総合地図です。地域ごとに様々な授与動詞の使われ方が示されていますが、ここでは特に、▲（ヤル／クレル）と○（クレル／クレル）で示されている地域に注目して見てみましょう。▲で示されている地域は、人称的な方向性によって「やる／くれる」の区別を持つ方言地域を表しています。一方、○で示されている地域は、そのような区別を持たず、遠心的方向の授与、求心的方向の授与ともに「くれる」で表す方言地域を表しています。

　この地図から、▲（ヤル／クレル）は、「中央」の近畿地方を中心に、その周りの地域に広がっており、さらにその外側の地域に○（クレル／クレル）の地域が広がっている点がわかります。注目すべきは、東北と九州・沖縄といった離れた地域で、○（クレル／クレル）のまとまった分布が認められる点です。方言周圏論によれば、▲（ヤル／クレル）よりも○（クレル／クレル）が歴史的に古いことを予測します。

　実際、歴史的に、「くれる／くれる」から「やる／くれる」へと授与動詞の運用が変化してきたことが文献によって確かめられます。古くは、「くれる」（古語では終止形は「くる」）は、現代語の「くれる」に見られるような求心的方向の授与以外にも、現代語の「やる」に相当するような遠心的方向の授与に対しても使われていました。たとえば、次の（2）は、遠心的方向の授与を表す「くれる」の例です（本文は『新編日本古典文学全集13　土佐日記・蜻蛉日記』（小学館）に拠っています）。

(2)　楫取、また鯛持て来たり。米、酒、しばしばくる。楫取、気色悪しからず。

（『土佐日記』30頁）

（梶取はまた鯛を持ってくる。米や酒をしばしばやる。梶取は機嫌悪かろうはずがない）

　一方、「やる」は、もともと、「人を遣わす」や「手紙を送る」など遠心的方向への物の「移送」の意味に限定されており、求心的方向への物の移送を表す「おこす」（現代語の「よこす」に相当する）と対応する関係にある動詞でした。すなわち、もともと「やる」は「物を与える」授与動詞ではなく、「物を送る」移送動詞でした。中世期以降、「やる」が授与動詞化するのに伴い、「くれる」は次第に遠心的方向の授与の領域から追い出されていき、現代共通語に見られるような「やる／くれる」の対立が形成されていきました。

図　授与動詞総合地図

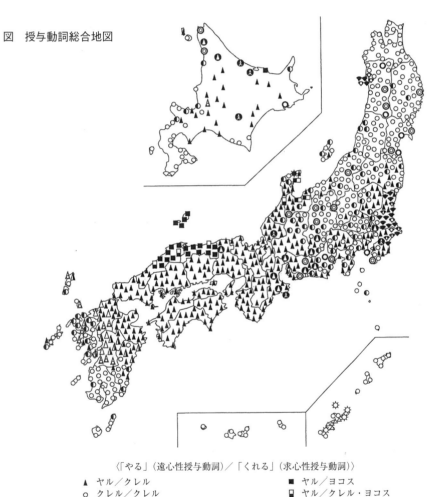

〈「やる」（遠心性授与動詞）／「くれる」（求心性授与動詞）〉

▲ ヤル／クレル
○ クレル／クレル
◐ ヤル・クレル／クレル
△ ヤル／ヤル
▲ ヤル／ヤル・クレル
▲ ヤル・クレル／ヤル・クレル
◎ クレル・クレテヤル／クレル
○ クレテヤル／クレル
◑ ヤル・クレテヤル／クレル
◕ ヤル・クレル・クレテヤル／クレル
■ ヤル／ヨコス
▯ ヤル／クレル・ヨコス
▮ ヤル・ヨコス／クレル
▼ ダス／クレル
▽ ヤル・ダス／クレル
▽ クレル・ダス／クレル
▽ ダス／ダス
✳ ヤル・トラス／クレル
✿ トラス／トラス
△ エラス／エラス

（日高水穂「やりもらい表現の発達段階と地理的分布」『日本語学』vol. 30-11、2011年による）

（澤田　淳）

コラム 漢文訓読

　漢文訓読とは、訓読という方法を用いて漢文を読解する作業のことです。中国で「漢文」といえば文字通り「漢代の文」のことを指しますが、日本では異なり、古典中国語の文語文（すなわち書き言葉で書かれた文）のことを広く「漢文」と呼びます。

　それでは訓読とはどのような方法なのでしょうか。分かりやすく言えば、「返り点」という記号を用いることによって漢文の語順を日本語の語順に変換し、それぞれの語句に日本語の音読み・訓読みを当てはめて読解していく方法です。例として、唐の白居易（Bai Juyi）「長恨歌」の第一句「漢皇重色思傾国」を挙げましょう。この句を訓読すると「漢皇　色を重んじて傾国を思ふ」となります。漢文は中国語であり、日本語とは別系統の言語ですので、語順が異なります。実際に、漢文では「動詞＋目的語」の語順であった「重色」と「思傾国」が、どちらも「目的語＋動詞」の語順に変換されていますね。

　「漢皇　色を重んじて傾国を思ふ」のように、漢文の語順を入れ替え、意味が通じるように助詞や送り仮名を補った文のことを「訓読文」（もしくは「書き下し文」）といいます。この場合の送り仮名は、文語文法に則り、歴史的仮名遣いで記すのが原則です。「思ふ」と表記しているのはそのためです。漢文を訓読文に変換することを「訓読する」（もしくは「書き下す」）といいますが、「漢皇　色を重んじて傾国を思ふ」と訓読することを、「長恨歌」の原文に直に返り点と送り仮名をつけて示すと、図1のようになります。

　「重」と「色」の間にある「レ」という記号は「レ点」といい、連続した二字の上下を逆転させて読むことを示します。「思」と「国」の左下にある「二」「一」という漢数字は「一二点」といい、先に「一」の字を読んでから「二」の字に戻って読むことを示します。このレ点や一二点が返り点です。返り点にはレ点と一二点以外に、「上中下点」・「甲乙点」・「天地人点」があり、いずれも漢字の左下につけます。送り仮名は漢字の右下に片仮名でつけます。私たちは日本の古い漢文資料につけられた返り点や送り仮名を通して、昔の日本人がその漢文を当時どのように読解していたのかを知ることができるのです漢文訓読は、8世紀の末（奈良時代末期）から9世紀初め（平安時代初期）の頃にはじまったとされています。ただ、当時はまだ返り点のつけ方や送り仮名の示し方などが統一されておらず、流派によってバラバラでした。訓読法はその後も試行錯誤が繰り返され、歴史的な変遷を経て、今の形にほぼ落ち着いたのは明治時代の末になってからのことです。

漢
皇
重レ色ヲ
思二傾
国一

図1

　漢文訓読法は批判を受けることもありました。漢文は外国語なのだから、訓読するのではなく、現地音で発音して理解するべきだ、という批判です。たとえば、江戸時代の荻生徂徠はたびたびそのような主張をしています。この種の主張はその後も折にふれて唱えられましたが、幸いにも漢文訓読の伝統は途絶えることはありませんでした。簡単な返り点の規則さえ覚えてしまえば、漢文で書かれた情報にアクセスできるという点で、訓読は極めて合理的な方法といえるでしょう。今でも日本の中学や高校では、国語の授業の一環として、この漢文訓読を教えています。

（遠藤星希）

コラム　日本の書

　今日の日本では、筆記用具として鉛筆とペンが使われています。しかし、パソコンの普及によって、筆記用具で文字を書く機会は急速に減っています。鉛筆とペンが輸入される以前の江戸時代までの日本では、日常生活の中で、筆で文字を書くことが一般的でした。その日常の書を基礎として、天皇・貴族・上流の武士・僧侶・学者・裕福な町人出身の文人たちが、優れた書を遺しました。その中から、「能書」と言われる、特別に書の才能に秀でた人々も現われました。日常の書は、小筆を使い、手の動きも小さなものです。

　日本の書は、7、8世紀から本格的に始まります。古代国家は仏教経典と漢籍を、中国から輸入し、優れた書き手を選んで、大規模に書写させました。1行17字詰めの、それらの整った楷書の漢字の美しさを、毎秋開催される「正倉院」展で見ることができます。

　9世紀初めから、漢字の書の日本化が始まります。空海は、力強い行書と草書の漢字で、文章の内容に合わせて、文字の大小を変化させたり、離れた文字を呼応させたりしました。日本の書では、このように文字の姿を〈変化〉させ、流動する空間を作ることが重視されます。そして、10世紀に小野道風と藤原行成が、日本的な漢字の書を完成しました。行書・草書が中心で、漢字の縦画・横画は直線ではなく、うねりがあり、リズミカルです。筆線の囲む空間も広く作り、明るく優美です。文字ごとに、墨色の濃さや太さを変化させ、書の空間には音楽的な強弱があります。

　道風や行成の「かな」（平仮名）の書は現存していません。しかし、道風や行成に近い時代の書や、二人の後継者の書を参考にすると、日本的な漢字の書の完成と並行して、「かな」の書のスタイルも完成したと考えられます。「かな」の書の最大の特徴は、文字をつなげて書く「連綿」です。和歌を平仮名で一文字ずつ書くと、とても読みにくいものになります。文字をグループにまとめる「連綿」は、意味を読み取りやすくしました。しかも、「かな」の書では、わざと意味の切れ目とは少しずれる形で「連綿」させます。11世紀の「高野切本古今和歌集」では、「とし のう ちに はるは き に けりひと とせ を こぞとや い はむこ としとや いはむ」〔年のうちに春は来にけり一年を去年とは言はむ今年とや言はむ（年の内に立春となった。この一年を去年と言おうかしら、今年と言おうかしら。）〕と、下線を引いたところで「連綿」させています。意味の切れ目とずれることで変化がうまれ、「連綿」と「連綿」の間の「余白」が、見る者の想像力をかき立てます。「かな」の書は、和歌に生き生きとした姿を与えました。

（小松靖彦）

連綿の例。賀茂真淵『萬葉新採百首解』（一八五一刊）・『万葉集』巻二・一〇七〔個人蔵〕

日本文学の種類Ⅰ（和歌・連歌・俳句）

　詩歌（poetry、poem）は原則的に韻文で表現されます。韻文とは韻律の調った文章のことで、散文と対比されています。韻律とは律動（リズム）と音の響きのことです。中国の例でいうと「五言絶句」や「七言律詩」など、ヨーロッパではソネット（sonnet、14行詩）などがその典型的なものです。これらは1行が一定の律動（一行の音の長さ、もしくは強弱が一定であること）で作られ、押韻（脚韻）の仕方が厳密に定められています。

　日本の詩歌も同じ原理によるのですが、日本語の特徴、音韻や文末表現の単純さなどのために、押韻はほとんど考慮されず、律動のみによることが一般的となりました。その代表的な韻文、つまり詩歌が、和歌・連歌・俳句です。

和歌

　和歌は漢詩を「唐歌」と呼んだのに対して、「大和歌」ということです。「歌」は「詩」と同じ意味です。ですから、本来は日本語で作られた詩歌はすべて、「和歌」と言えます。8世紀のはじめ頃に編纂された『古事記』や『日本書紀』中の記紀歌謡も和歌の一種であり、長歌・短歌・旋頭歌・片歌・仏足石歌などという和歌もあります。

　旋頭歌は577577という音節数（正確には音の長さをいうモーラ mora の数）で作られています。片歌はその半分の577で、仏足石歌は575777です。日本ではこの5と7という音数の繰り返しが詩歌の基本になります。後の民間歌謡（詩歌）である今様や都々逸なども同じです。

　長歌は57を3回以上繰り返し、最後に7で終わる形式をいいます。『万葉集』にある山部赤人の長歌を例に挙げておきます。

天地の	分れし時ゆ	（天地が分かれて創造された時から）
神さびて	高く貴き	（神々しく高く尊い）
駿河なる	富士の高嶺を	（駿河地方の富士の高嶺を）
天の原	振り放け見れば	（大空の向こうはるかに仰ぎみると）
渡る日に	影も隠らひ	（空を渡る太陽の姿は隠れ）
照る月の	光も見えず	（照る月の光も見えず）
白雲も	い行きはばかり	（白雲が行き過ぎて行くことができず）
時じくぞ	雪は降りける	（時ならず雪が降っていることだ）
語り継ぎ	言ひ継ぎ行かむ	（これからも語り言い継いでいこう）
富士の高嶺は		（富士の高嶺のことを）
反歌		
田子の浦ゆ	打ち出でて見れば	（田子の浦を通って広々としたところに出ると）
真白にぞ	富士の高嶺に	（真っ白に富士の高嶺には）
雪は降りける		（雪が降っていることだ）

　長歌はこのように、後ろに反歌と呼ばれた短歌を付属することが多く、「長歌」は広義にはこれをもって完成型と言ってよいと思います。

　短歌は57を2回、その後に7を置くものです。次は『万葉集』の額田王の短歌です。

君待つと　　我が恋ひ居れば　　　（あなたのことを待って恋しくしていると）
我が屋戸の　　簾動かし　　　　　　（私の家の簾を揺り動かして）
秋の風吹く　　　　　　　　　　　　（秋風だけが吹いてきたことだ）

　長歌は『万葉集』の時代に柿本人麻呂などのすぐれた作品が作られましたが、その後、あまり作られなくなりました。旋頭歌なども衰退します。第一勅撰和歌集である905年頃成立の『古今和歌集』ではほとんどが短歌です。このようになった時、「和歌」もしくは「歌」という言葉は、一般に短歌形式のものを指すようになりました。

　和歌は物語の中の重要な場面で作者の心情を吐露する表現として用いられもしました。次は『伊勢物語』のものです。ここにある歌は在原業平の歌として『古今和歌集』に載せられています。次に引くのは、五条というところに、恋する女性がいた。何度か訪れていたが、ある年の正月に会うことができない場所に行ってしまった。今日、その女性がいた家に行ってみると、と書かれた後の部分です。

　　またの年の正月に梅の花盛りに、去年を恋ひて行きて、立ちて見、居て見、見れど、去年に似るべくもあらず。うち泣きて、あばらなる板敷に、月の傾くまで臥せりて、去年を思ひ出でて詠める。

　　　月やあらぬ春や昔の春ならぬ我が身一つはもとの身にして

　と詠みて、夜のほのぼのと明くるに、泣く泣く帰りにけり。

　　　（次の年の正月、梅の花盛りの時に、去年のことを恋したって、女性の家に行って、立ったり、
　　　座ったりして梅の花を見ても、去年とは同じ花のように見えない。涙を流しながら、荒れ果てた
　　　家の床の上で、月が傾く明け方近くまで悲しみに体を臥せて、去年のことを思い出して詠んだ歌。
　　　　月は去年の月と違うのだろうか、この春は昔の春と違うのだろうか。あの人がいないので、
　　　　同じとは思えない。私だけは去年と同じなのに。）

　このような和歌は日本文学でもっとも重要なジャンルになりました。国家的事業として、室町時代まで21の勅撰和歌集が編纂されています。その文学的頂点は1205年成立の第八勅撰和歌集『新古今和歌集』です。次はその中の1首、藤原定家の歌です。

　　　水無瀬恋十五首歌合に
　　白妙の袖の別れに露落ちて身にしむ色の秋風ぞ吹く

　　　（真っ白な袖と袖が離れ、今、私たちは別れようとしている。その時、白い袖に白露が落ち
　　　た。それは秋風で散った草木の露でもあるが、私たちの涙でもある。白いはずの秋風が私た
　　　ちのいる場所を吹き抜けていくが、袖は涙の紅に染まったような気がする。）

　歌の前にどのような事情で詠まれたのかを記したものを「詞書」と言います。この歌には『古今和歌六帖』にある「吹き来れば身にもしみける秋風を色なきものと思ひけるかな」という歌を発想の基盤にしています。定家はこの歌の「色なき」「秋風」が「身にしむ」という表現を受け、そう感ずる状況を「袖の別れ」として、新たな歌を創造しました。「本歌取り」という技法で、これにより、31字の短い詩歌の奥行きが広がることになりました。

　また、「白妙の」は「袖」に掛かる「枕詞」です。枕詞は意味や音の連関によって次の言葉を導き出す役割を果たします。歌の主意に関係のない場合もありますが、ここでは「白」という色のイメージを歌全体にもたらす効果が意識されています。

　枕詞に類似している技法に「序詞」というものもあります。音や意味の関連で次の言葉を導き出すものですが、枕詞が5音で、ある時代から固定化したのに対して、序詞はそれより長く、常に作者の創造による、という違いがあります。

　歌の技法に触れたので、「掛詞」や「縁語」のことを『新古今和歌集』の入集歌で、後に『百人一首』にも採られた歌で説明してみたいと思います。伊勢という女性の歌です。

　　難波潟 短き芦の節の間も逢はでこの夜を過ぐしてよとや

　　　　（難波潟に生えている芦の短い節と節の間のように短い間だけでもあなたに逢うこともできな

　　　　いで、この夜を過ごしなさいというのでしょうか。）

　短い間だけでもあなたに会いたいという歌ですが、その短さを「芦」という植物の節と節の短い長さに喩えています。「夜」の「よ」という音で、「節」の意味の「よ」も表しています。このようなものを「掛詞」と言っています。また、この歌では上句で「芦の節」が詠まれていました。この言葉との関係も重要です。「節」は「芦」という植物に関係のある言葉です。このように前に出てきた言葉と関係のある言葉を「縁語」と言っています。

　このような「音韻」にも関わる枕詞・序詞・掛詞などの技法は押韻の代わりと見ることができます。このことによって、和歌は韻文の要件を満たしたことになりました。

　古典中の古典と言える和歌は、近代にも詠まれ続けました。しかし、明治時代に入ると古典的な作られ方が否定されて、新しい事物、精神、言葉などが取り込まれるようになります。そうなった時、和歌はかつてのように「短歌」と呼ばれるようになりました。20世紀のはじめ頃のことです。その頃の代表的な近代短歌を挙げておきます。石川啄木が1910年に刊行した『一握の砂』の中のものです。

　　砂山の砂に腹這ひ初恋の痛みを遠く思ひ出づる日

　明治末期から大正初期には、口語短歌も試みられるようになりました。例えば、前川佐美雄に、次のような短歌があります。1930（昭和5）年刊『植物祭』の中のものです。

　　山みちにこんなさびしい顔をして夏草のあをに照らされてゐる

　短歌は今の若い人たちにも作られていますが、その多くは口語短歌のようです。口語は日常語なので、韻文学という特殊な文学に元来はなじみません。それをどのように乗り越えるか、今後も問われ続けることだと思います。

連歌

　次に連歌の話をします。連歌は和歌に次ぐ日本の代表的な詩歌形式です。連歌ははじめ、和歌を二分割したものとして生まれました。原則的には575の作品をある者が詠み、それに別の人が77と応ずる、という形です。「短連歌」と呼ばれています。和歌の贈答よりも、即興的機知の応答が可能で、貴族社会の社交としても有用なものでした。

　この短連歌は三句以上連ねる「鎖連歌」という形態を経て、中世初頭に575と77を100回繰り返す「百韻連歌」として完成しました。後には短い36句形式（歌仙）なども作られるようにもなります。連歌は和歌と違って多数が次々と作品を繋げていくものです。ある者が575の作品（句）を詠んだら、別の人がその句から連想して、77という別の句を詠む。それぞれの句は半ば独立して詠まれていきます。連歌は人々が集うことが前提です。そこで「座の文芸」「会席の文芸」と呼ばれています。

　代表的な百韻連歌の例として、冒頭だけですが、次に挙げておきます。1468年冬に作られた作品です。心敬・宗祇という当時の連歌壇の頂点にいた人が加わっています。

　　雪の折る萱が末葉は道もなし　　　　　　心敬

　　夕暮寒み行く袖も見ず　　　　　　　　　宗祇

　　千鳥鳴く河原の月に船留めて　　　　　　修茂

　連歌は南北朝から近世のはじめまで、きわめて流行しました。多くの作品が残されていますが、その価値を示すように『菟玖波集』（1356年）、『新撰菟玖波集』（1495年）という勅撰和歌集に准じた作品集も編纂されました。

俳諧・俳句

　この連歌は江戸時代に入ると改革運動にさらされました。連歌は古典を基盤に作られていたのですが、それでは新しい時代に合わないということです。その革新運動に沿って、新しい題材・精神・言葉によって作られたのが俳諧連歌（約めて「俳諧」）でした。この俳諧文芸の頂点として登場したのが芭蕉です。芭蕉が加わった俳諧の例を冒頭部分だけ挙げておきます。

　　鳶の羽も刷ひぬ初時雨　　　　　　　　　去来

　　一吹き風の木の葉静まる　　　　　　　　芭蕉

　　股引の朝から濡るる川越えて　　　　　　凡兆

　この連歌や俳諧では最初の第一句を「発句」と呼んで、もっとも重視しました。そのために、発句が一番多く作られ、発句だけを集めた句集も生まれました。次第に５７５句だけが独立し、注目されるようになったわけです。

　これが明治期になって、和歌と同様に近代化が目指された時に、「俳句」として再生することになります。俳句の形式が５７５である理由はこのような経緯によります。また、一般には季語（当季）を必要とし、「切れ字」を用いる表現が望まれたのも、連歌（俳諧）での発句が、座の文芸としてそれを必然としたためでした。

　俳句はきわめて短い詩歌です。短歌のように文として表現することがむずかしい形式です。言葉と言葉のぶつかり合い、象徴的な使い方などが求められることが多く、このようなあり方は結果的に日本語という言語表現を超える可能性を持っていると言えます。国際的な文学形態になったゆえんです。現在、俳句は三行詩として世界中の言語によって作られています。1915年に原石鼎という人が作った作品です。言葉は簡単で、日常にある光景ですが、さまざまな感情が想起させられます。

　　秋風や模様のちがふ皿二つ

= Discussion =

1．日本の代表的な詩歌の形にはどのようなものがあるでしょう。みなさんの国ではどうでしょうか。

2．日本の和歌の技法には掛詞というものがあります。それはどのような技法でしょうか。似たようなものがみなさんの母語にもありますか。

3．各自、短歌と俳句を作って、みんなで紹介し合ってみましょう。どちらがむずかしかったですか。
　　　　　　　　　　　　　　　　　　　　　　　　　　　　　　　　　　（廣木一人）

日本文学の種類 II（漢詩・新体詩）

　中国で「漢詩」といえば「漢代の詩」のことを指しますが、日本では古典中国語の文語文で書かれた詩のことを「漢詩」と呼びます。明治時代の初めまで、日本で単に「詩」といえば、漢詩のことを意味していました。「大和歌」と呼ばれた和歌に対して、漢詩は「唐歌」とも呼ばれます。「漢」も「唐」も中国の汎称ですので、「漢詩」の文字通りの意味は「中国の詩歌」になります。

　では、そのような中国の詩歌が、なぜ本テキストの「日本文学の種類」という章で扱われているのでしょうか。それは、日本人が中国人の漢詩を鑑賞するのみならず、さらには自国の文学の一ジャンルとして自ら漢詩を制作し、伝統的に享受してきたからです。『古事記』と『日本書紀』によりますと、日本に中国の書物（これを「漢籍」といいます）が伝わったのは、285（応神天皇16）年に百済から王仁が来日し、『論語』と『千字文』を朝廷に献上したのが最初とされています。この記述の信憑性はともかくとして、日本人は大陸の先進文化を消化・吸収するために、漢籍に書かれた漢文を読み解こうとして、試行錯誤を繰り返しました。その過程で生み出されたのが、「訓読」という方法です。訓読とは、「返り点」という記号を用いることによって漢文の語順を日本語の語順に変換し、それぞれの語句に日本語の音読み・訓読みを当てはめて読解していく方法です。（詳しくはコラム「漢文訓読」を参照）。すなわち、外国語であるはずの漢文を現地音で発音することなく、いきなり自国語に置き換える翻訳法といってよいでしょう。漢詩についても同様に、日本人はこの訓読法を用いて鑑賞するようになりました。

古代の漢詩

　日本最古の漢詩集は、751（天平勝宝3）年に編纂された『懐風藻』であり、その巻頭を飾っているのが、大友皇子の「侍宴（宴に侍す）」という詩です。この詩は、668年に大友皇子が父である天智天皇の徳を称えるために作ったとされ、現存する最古の日本漢詩とされています。この詩がそうであるように、私的な心情をうたうことが多い和歌と比べて、漢詩は公的な内容をうたうことが多く、『懐風藻』に収録されているのも、多くは天皇の詔に応じて作られた詩（これを応詔詩といいます）や宴席で作られた詩です。

　とはいえ、私的な心情をうたった漢詩が無いわけではありません。次に引くのは『懐風藻』に収録されている、石上乙麻呂の「秋夜閨情（秋夜の閨情）」という詩です。

他郷頻夜夢	他郷　頻りに夜夢む	（異郷でしばしば夜中に夢を見る）
談与麗人同	談ずること麗人と同にす	（美人と語りあうさまを）
寝裏歓如実	寝裏　歓ぶこと実の如く	（夢の中だというのに喜びは現実のようで）
驚前恨泣空	驚前　恨みて空に泣く	（ふと目覚めては夢の空しさを恨みつつ泣く）
空思向桂影	空しく思ひて桂影に向かひ	（空しく物思いながら月影を仰ぎ）
独坐聴松風	独り坐して松風を聴く	（独り座って松風に耳をすます）
山川嶮易路	山川　嶮易の路	（険しい山河に隔てられたこの地で）
展転憶閨中	展転　閨中を憶ふ	（寝返りを打ちつつ寝室にいるあなたを思い出す）

この詩を詠んだ時、作者は未亡人であった久米若売と密通したかどで罪に問われ、土佐（今の高知県）に流されていました。第二句の「麗人」が若売を指すかどうかは断定できませんが、

いずれにせよ遠い地の愛する女性のことを思って作った詩であることは動きません。夢の中の幸せな時間と、目が覚めた後の寂寞とした情景との落差が、読む者の心を強く打ちます。ところがこの詩に対する歴代の評価は高くありません。むしろ酷評される方が多いくらいです。その理由は表現の拙さといった技巧面ではなく、題材の面にあります。中国の詩にも、恋情を題材にした「閨怨詩」というジャンルがありますが、それは愛の喪失を嘆く女性、もしくは容色が衰えゆくことへの不安を抱く女性の姿を、あくまで虚構として描くものです。乙麻呂の詩のように、男性から女性への恋情を直接的に詠じた詩は、中国では滅多にありません。恋愛というテーマは漢詩にうまく馴染まないのです。日本人の作った漢詩文に見られる、こうした日本的な表現や言葉の用い方を「和習」（和臭とも）といいます。

漢詩の形式と規則

　ここで、漢詩の形式と規則について簡単に解説をしておきます。漢詩では、5字や7字などで一区切りを成す、文やフレーズの単位のことを「句」といいます。上の乙麻呂の詩は、一句が5字から成っていますね。このような詩のことを「五言詩」といいます。一句が7字から成る詩のことを「七言詩」といい、一句の字数が統一されていない詩のことを「雑言詩」といいます。まれに四言詩や六言詩もありますが、ほとんどの漢詩は五言か七言か雑言です。句の数は偶数、しかも4の倍数が原則です。奇数句とそれに続く偶数句によって作られる単位を「聯」といい、ひとまとまりの意味を成します。この聯の末尾（すなわち偶数句末）では押韻しなければいけません。上の乙麻呂の詩でも、偶数句末の「同」「空」「風」「中」はきちんと韻を踏んでいます。なお、七言詩の場合は、例外的に第一句の末尾も押韻します。

　漢詩の詩型は、「古詩」（古体詩ともいいます）と「近体詩」に大きく分けることができます。近体詩は唐代に確立した新しい詩型で、4句から成る「絶句」と、8句から成る「律詩」と、10句以上から成る「排律」にさらに分けられます。近体詩には古詩よりも厳密な規則が定められています。たとえば近体詩の場合、途中で韻を換えてはいけません。一方、古詩の場合は、途中で自由に韻を換えることができます。また、律詩と排律は、最初と最後の聯以外は、すべて対句にしなければいけません。対句とは、意味や語法上の構成などが対になっている二つの句のことです。たとえば、上の乙麻呂の詩では、第三・四句「寝裏歓如実、驚前恨泣空」と第五・六句「空思向桂影、独坐聴松風」とが、どちらも整った対句になっています。

　近体詩の規則の中で、日本人にとって最も難しく感じられるのは、恐らく「平仄」に関するものでしょう。原則として中国語は、一つの漢字が一音節で発音されます。この音節は、それぞれ音の上げ下げのトーンを伴っており、これを「声調」といいます。古典中国語には、平声・上声・去声・入声という四種類の声調があり（これを「四声」と言います）、平らなトーンである平声で発音される漢字を「平字」、変化を含むトーンである上声・去声・入声で発音される漢字を「仄字」といいます。近体詩では、韻律美を追求するため、各句の第二字と第四字の平仄を逆にしなければいけません。これが「二四不同」と呼ばれる規則です。また、七言詩の場合には、各句の第二字と第六字の平仄を同じにする必要があります。これを「二六対」と呼びます。他にも細々としたルールが幾つかありますが、省略します。

　このように、近体詩には様々な規則がありますので、一見すると制約の緩い古詩の方が作りやすそうに思えます。ところが、日本人は古詩よりもむしろ近体詩の方を好んで作りました。

日本漢字音（いわゆる音読み）には、声調が反映されていないため、平仄を判定するのはとりわけ困難だったはずです。にもかかわらず、日本人は韻によって漢字を分類した「韻書」と呼ばれる字書などを参照しながら、律儀に平仄の規則を守って積極的に近体詩を作りました。規則が多いと、規則さえ守って作れば、それらしい詩ができあがります。ある程度自由に作れる古詩の方が、かえって日本人には作りにくかったのかもしれません。

『懐風藻』所収の詩は、実は平仄の規則を守っていないものが多くを占めていますが、時代が下ると、平仄の規則を厳密に守った近体詩が多く作られるようになります。平安時代になると、日本人の手になる漢詩集が相次いで編纂されました。その嚆矢となるのが、嵯峨天皇の命によって814（弘仁5）年に編纂された、日本初の勅撰漢詩集『凌雲集』です。818（弘仁9）年には、同じく嵯峨天皇の命によって『文華秀麗集』が、827（天長4）年には、淳和天皇の命によって『経国集』が編纂されました。この三つの漢詩集を「勅撰三集」といいます。やがて日本に、唐の白居易（Bai Juyi 字によって「白楽天」とも呼ばれます）の詩文集『白氏文集』が伝わりました。白居易の詩は平易で分かりやすかったこともあり、宮廷貴族の間で大流行しました。平安朝の代表的な漢詩人である菅原道真の詩も、白居易の影響を強く受けています。

中世・近世の漢詩

中世になると、鎌倉および京都の禅宗の寺院（いわゆる鎌倉五山と京都五山）が学問の中心となり、それに伴って漢詩の作者層も、それまでの宮廷貴族から禅宗の僧侶に移りました。当時は、日本と中国の間で僧侶の往来が盛んであり、中国から渡来して日本に帰化した僧侶、日本から中国に遊学した僧侶、どちらもかなりの数に上ります。中国の僧との交流により、日本の僧の漢詩文は高い水準に達しました。次に挙げるのは、室町時代の臨済宗の僧である絶海中津が、海を渡って明の初代皇帝朱元璋（Zhu Yuanzhang）に謁見した時に詠んだ、「応制賦三山（制に応じて三山を賦す）」という七言絶句です。

熊野峰前徐福祠	熊野峰前　徐福の祠
満山薬草雨余肥	満山の薬草　雨余に肥ゆ
只今海上波濤穏	只今海上　波濤　穏やかなり
万里好風須早帰	万里の好風　須く早く帰るべし

（熊野の山麓には徐福の祠があり、雨の恵みを受けて薬草が山じゅうに生い茂っている。今は海上の波も穏やかなので、万里の彼方へ順風に乗って早く帰らねばなるまい。）

第一句の「徐福」は、秦の始皇帝の命を受け、不老不死の仙薬を求めて東の海に出航したまま行方不明になった伝説上の人物です。朱元璋が日本の熊野にあるという徐福の祠について尋ねたところ、絶海中津はこの詩を作って質問に答えました。朱元璋は感心し、絶海中津の作と同じ韻字を用いて七言絶句を作り、唱和したとされます。東アジアの漢字文化圏で、漢詩はこのように社交の道具としても機能しました。

江戸時代になると、漢詩の作詩人口が急激に増加します。これは、江戸幕府が朱子学を官学として奨励したことにより、漢学の素養のある武士や儒者が全国的に育成されたことが大きな要因です。もう一つ、大きな要因として指摘できるのが、出版文化の隆盛です。鎌倉・室町時代から、すでに禅宗の寺院では漢籍が出版されていましたが、まだ局地的なものでした。それが江戸時代の中期になると、民間の書店でも漢籍が出版されはじめ、武士や町人も教養として

漢籍を読むことができるようになったのです。作詩の指南書もしばしば出版されました。また、漢詩人が私塾を開いて作詩を教えるようにもなりました。その結果、それまでは一部の階層の人々によって独占されていた漢詩文の門戸が大きく開かれたのです。

近代の漢詩と新体詩

　ところが、明治時代になって西洋化の波が押し寄せると、旧来の漢詩を否定し、西洋の poetry を規範とした新しい日本の詩（これを「新体詩」といいます）を創始しようという機運が起こりました。その魁となったのが、1882（明治15）年に外山正一らによって編纂された『新体詩抄』です。この詩集には、西洋詩の翻訳14篇、創作5篇の合わせて19篇が収められていますが、一篇の長さこそ自由であるものの、詩句のリズムは依然として七五調の古めかしいものでした。ただ、「凡例」に「此書中ノ詩歌皆句ト節トヲ分チテ書キタルハ、西洋ノ詩集ノ例ニ倣ヘルナリ」とあるように、句と句の間、スタンザとスタンザの間にスペースが設けられたのは、革新的だったといえます。和歌も漢詩も、途中で改行はせず、句と句の間を空けずに続け書きするのが一般的だったからです。

　『新体詩抄』は叙事的な詩が多く、言葉遣いも野卑であったため、当時の評価は散々なものでした。その後も新体詩の詩集は陸続と出版されましたが、その中で今日でも高い評価を受けているのが、島崎藤村の詩です。1897（明治30）年に出版された藤村の『若菜集』から、「初恋」という詩の第一スタンザを以下に引きましょう。

まだあげ初めし前髪の　　　　　　（まだ結い上げられたばかりの前髪が）

林檎のもとに見えしとき　　　　　（りんごの木の下に見えたとき）

前にさしたる花櫛の　　　　　　　（その前髪に挿した花かんざしが）

花ある君と思ひけり　　　　　　　（君に咲いた花のようだと思いました）

　『新体詩抄』では2句で1行だったのが、ここでは1句ごとに改行されています。これが以降の詩の基本形になりました。内容も初恋という抒情的なテーマであり、髪上げをして大人っぽくなっていた旧知の少女を目にした時の新鮮な驚きが、雅な文語体の和語で表現されています。ただ、リズムは依然として七五調でした。このことは、和歌や俳句の伝統的なリズムから脱却することが、日本人にとっていかに困難であったかを物語っています。七五調のリズムから完全に解放された、口語体の自由詩を生み出したのは、「日本近代詩の父」と呼ばれる萩原朔太郎でした。

　新体詩の隆盛に伴って、旧来の漢詩は徐々に市民権を失っていきました。現代の新聞に俳句や川柳の読者投稿欄があるように、明治時代の新聞には漢詩の投稿欄があるのが一般的でしたが、1917（大正6）年には全ての新聞からこの投稿欄が消えてしまいます。同じ年に、萩原朔太郎の第一詩集『月に吠える』が刊行されているのは、象徴的な出来事です。

= Discussion =

1．あなたの国では、外国の詩をどのようにして受容しはじめましたか。日本における漢詩の受容の仕方と比べてみましょう。

2．和習が顕著といわれる平安時代以前の日本漢詩を実際に読んでみて、どのようなところに和習が感じられるか、考えてみましょう。

3．あなたの国では、古典的な文語体の定型詩から、どのような経緯を経て、近代的な口語体の自由詩が誕生しましたか。他の国の状況とも比べてみましょう。

（遠藤星希）

日本文学の種類 Ⅲ （神話・説話・歴史文学）

　日本文学には、広い意味で「物語」に分類されるものがたくさんあります。ここではそれらを、語られる内容が事実であるという形で記述されるものと、フィクション（虚構）であるという前提で語られるものとに分けて、説明します（物語の説明として、こうした分類が常に用いられるというわけではありませんが）。

　そのうち、この章では前者、語られる内容が事実であるという形で記述される文学を扱います。「事実であるという形」というのは、その内容がほんとうに事実であるという意味ではなく、「事実であるかのように語られる」という意味です。

神話

　その第一に挙げられるのは、「神話」と呼ばれる物語です。神話は、自分たちの世界の始まりや、現在の秩序の起源を語るもので、世界中の民族がそれぞれに語ってきたものです。ギリシャ文化にはギリシャ神話があり、インドにはインドの、中国には中国の、韓国には韓国の神話があります。日本にも日本の神話がありました。それを文字として残しているのは、8世紀前半に朝廷の命令で編集された『古事記』や『日本書紀』です。これらの書物は、世界が未だどろどろの液体のような状態だったところから、神が生まれ、日本列島が作られてゆくという一種の天地創造神話から始まります。以下、『古事記』の記す神話を紹介してみましょう。

　いくつかの神々が生まれてゆくうちに、伊邪那岐命（イザナキノミコト）・伊邪那美命（イザナミノミコト）という男女の神が現れ、天上から長い矛を下ろして海をかき回し、引き上げたところ、その矛の先からしたたった潮が積もって、一つの小さな島ができました。そして、イザナキとイザナミは、その島に下りて交わり、日本列島をなす島々を、次々に生んだというのです。島々を生んだイザナミは、さらに多くの神々を生みますが、火の神カグツチを生んだためにやけどを負い、とうとう死んでしまいました。妻を失ったイザナキは泣き悲しみ、イザナミを追いかけて死後の世界である黄泉国に行きます。しかし、そこでイザナミの姿を見てはならないと言われたのに、恋しさのあまり、変わり果てたイザナミの姿を見てしまいます。恐ろしい姿になっていたイザナミを見て、イザナキは逃げ帰りますが、イザナミは怒って追いかけてきます。必死で逃げたイザナキは、黄泉国と私たちの世界の境となっている黄泉比良坂を、千人がかりでやっと動かせるような巨大な岩でふさぎました。

> 伊邪那美命言ひしく、「愛しき我が那勢の命、如此為せば、汝の国の人草、一日に千頭絞り殺さむ。」といひき。爾に伊邪那岐命詔りたまひしく、「愛しき我が那迩妹の命、汝然為ば、吾一日に千五百の産屋立てむ。」とのりたまひき。是を以ちて、一日に必ず千人死に、一日に必ず千五百人生まるるなり。

（『古事記』上巻。原漢文）

　（イザナミノミコトはこうおっしゃった。「愛する私の夫よ、そんなことをするのなら、あなたの国の人民を、毎日1,000人ずつ殺してしまいますよ」。そこでイザナキノミコトは、こうおっしゃった。「愛する私の妻よ、あなたがそうするのなら、私は毎日、1,500の出産所を建てることにしましょう」。そういうわけで、この世では毎日1,000人ずつ人が死に、1,500人ず

つ生まれてくるのです。）

この世で毎日たくさんの人が死に、たくさんの人が新たに生まれてくる理由が、このように説明されているわけです。神話は、このように、現在の私たちの世界が、なぜこのような世界になっているのか、その由来を説明する機能を持っています。もちろん、それが事実であるわけはありませんが、世界の成り立ちをこのように理解していた、古代人の思考のあり方が、そこに表れているわけです。おそらくそれは人々が文字を知る前から、神聖な物語として、おごそかに語られていたのでしょう。

説話

　こうした神話の時代の後、ものごとの起源を語る物語ではありませんが、「ほんとうにあった不思議な話」として語られていた短い物語を、「説話」と呼んでいます。多くの説話を集めた作品である説話集は、平安時代から鎌倉時代、9世紀から14世紀頃に盛んに作られました。中でも最も大規模であり有名でもある『今昔物語集』（編者不明）から、例を一つ引いてみましょう。

　讃岐国（現在の香川県）に、源大夫という凶暴な男がいました。源大夫は、仏教で禁じられた狩猟をするだけではなく、すぐに人を殺傷する、手のつけられない乱暴者だったのですが、ある時、僧が「はるか西の方に阿弥陀仏がいらっしゃいます。その仏様は、どんなに罪業を重ねた人でも、改心して、たった一度『阿弥陀仏』と言えば、必ずその人を迎えに来てくれます」と説法しているのを聞いて、「俺のような悪人でも、その仏の名を呼んだら答えてくれるのか」と問い詰め、そうだと聞くと、ただちに出家してしまいます。そして、その場からまっすぐ西を向いて歩き出したのです。大声で「阿弥陀仏ヨヤ、ヲイヲイ」（阿弥陀仏よ、おうい、おうい）と叫びながら、山も河も越えてゆきました。

　そして、ある寺に着いた源大夫は、その寺の住職（寺に住んでいる僧）に、「俺は何があろうと、まっすぐ西に向かって進む。これより西に高い山があるのを越えて行くから、七日後に見に来てくれ」と頼んで去っていきました。言われたとおり、住職が七日後に探しに行くと、高い山から西の海がよく見えるところがありました。源大夫はそこに生えていた木に登り、鉦を叩きながら、「阿弥陀仏ヨヤ、ヲイヲイ」と叫んでいたのです。住職を見つけると、うれしそうに、「俺はもっと西へ行こうと思ったんだが、ここで阿弥陀仏が答えてくれたから、呼んでいたんだ」と言います。住職は不思議に思い、「どう答えてくれたのですか」と尋ねました。

　「然バ呼ヒ奉ラム。聞ケ」ト云テ、「阿弥陀仏ヨヤ、ヲイヲイ。何コニ御マス」ト叫ベバ、海ノ中ニ微妙ノ御音有テ、「此ニ有」ト答ヘ給ヒケレバ、入道、「此レハ聞ヤ」ト云フニ、住持、此ノ御音ヲ聞テ、悲シク貴クテ、臥シ丸ビ泣ク事無限シ。

（『今昔物語集』巻19・第14話）

　（「では呼んでみるから聞け」と、源大夫が「阿弥陀仏よ、おうい、おうい。どこにいらっしゃるのですか」と叫ぶと、海の中から美しい声が、「ここにいるぞ」と響いたので、源大夫は「今の声を聞いたか」と言うのだった。住職はこの声を聞き、尊さに感動して、倒れ伏して涙を流したのだった。）

さらに七日後、住職がもう一度行ってみると、源大夫は、西を向いて木の股に座ったまま死んでいました。見ると、口から美しい蓮華が一輪咲いて出ており、極楽往生を遂げたことがわか

ったのです。

　仏教を信じている住職も、阿弥陀仏が現世で実際に声を出して答えてくれるとは思っていません。それで不思議に思って尋ねたわけで、この物語の読者も、まさかほんとうに阿弥陀仏の声が聞こえるわけがないと思って読み進めるはずです。ところが、ひたすら阿弥陀仏を求める源大夫の声に対して、阿弥陀仏は、「ここにいるぞ」と、美しく響きわたる声で答えてくれたというのです。どうしようもない悪人でも、心から仏を求めれば、仏は答えてくれるのだという奇跡の物語です。このような物語は、事実として語られるのでなければ、人々が感動することはありません。説話集が多く作られた時代の日本は、仏教の時代でもありました。こうした奇跡の物語が多く作られ、事実として語られて人々を感動させたことが、説話集が盛んに作られた理由の一つです。

　仏教を説く説話集は、9世紀の『日本霊異記』や13世紀の『沙石集』など、いくつもありますが、説話集は仏教説話集ばかりではありません。13世紀の『宇治拾遺物語』や『古今著聞集』などは、社会全般のいろいろな説話を集めています。『今昔物語集』も、インド・中国・日本という、当時の日本人が考えた全世界の説話を集めて世界を理解しようとした営みの産物ですが、その中で仏教が重要な位置を占めているわけです。

歴史物語

　さて、日本では、中国にならって国家としての正史を作りました。その最初が『日本書紀』で、その後、9世紀末までを記す『日本三代実録』まで六つの史書を「六国史」と呼びますが、国家としての正史はそれで絶えてしまいます。その後、さまざまな形で歴史が書かれますが、その中には、物語の形で歴史を語った「歴史物語」と呼ばれる作品群があります。最も有名なのは、その最初に位置する『大鏡』です。『大鏡』は、9世紀後半から11世紀前半の、藤原氏の摂関政治の最盛期を語る作品で、成立したのは11世紀後半から12世紀前半頃と見られます。190歳ほどの大宅世継と180歳ほどの夏山繁樹という老人が、自分たちの見聞を語るという形を取っています。実際にはそんなに長生きする人はいませんが、昔のことを実際に見聞した者が語る、つまり、大変な長生きだったために、普通の人は知らない昔の事実を知っている者の語りという形は、「昔ほんとうにこんなことがありました」という形で歴史を語るのに適していたわけです。その後も類似の形の作品が作られ続けました。また、そうした形の他にも、歴史をどう見るかを論じた史論など、さまざまな歴史文学があります。江戸時代になると、史実を実証的に追究した歴史書から娯楽読み物まで、さまざまな歴史が書かれます。

軍記物語

　歴史文学の一種に、戦争を中心的な主題とした「軍記物語」と呼ばれる作品群があります。日本では12世紀後半から大規模な戦争が繰り返されるようになりますが、そうした戦争を中心的な主題とした物語がたくさん作られているわけです。「軍記物語」の範囲にはいろいろな考え方がありますが、現在では、10世紀の平将門の乱を描いた『将門記』から、16世紀に戦国時代を勝ち抜いた豊臣秀吉を描く『太閤記』あたりまでをその中に含めるのが一般的でしょう。その中でも中心に位置するのは、12世紀後半の源平合戦と呼ばれる戦いを描いた『平家物語』と、14世紀の南北朝時代の戦乱を描いた『太平記』でしょう。特に有名な『平家物語』は、一度は政権を握った平家が、短期間に滅んでいった歴史を描いています。戦争を描く文学は、戦

に勝った側の視点に偏ったり、異民族に対して一方的に自分たちの正義を語ったりすることも
ありがちですが、『平家物語』は、戦いに敗れた平家にも同情的な視線を向け、戦いの悲惨さを
描くこともある点が特徴的です。一の谷の合戦で、熊谷直実が平敦盛を討つ場面を見てみま
しょう。熊谷直実は身分の低い武士で、戦いで手柄を立てることにより、自分の領地を得よう
として戦っていました。身分が高そうな、つまり首を取れば大手柄になりそうな若武者を見つ
けた熊谷直実は、喜んで組み付きました。しかし、その時のことです。

> おしならべてむずと組んでどうど落ち、とつておさへて頸をかかんと、甲を押しあふのけ
> て見ければ、年十六七ばかりなるが、薄化粧してかねぐろなり。我が子の小次郎がよはひ
> 程にて、容顔まことに美麗なりければ、いづくに刀を立つべしともおぼえず。

（『平家物語』巻九「敦盛最期」）

> （熊谷は、敦盛に馬を並べて組み付き、馬からどっと落ちて押さえつけ、首を取ろうとして
> 兜を押しのけて敵の顔を見た。すると、その敵の年齢は十六歳か十七歳ほどで、薄化粧をし
> てお歯黒をしていた。自分の息子の小次郎直家と同じぐらいの年であり、しかもとても美し
> い容貌だったので、熊谷は、どこに刀を突き刺してよいのかわからない、つまり敦盛を殺せ
> なくなってしまった。）

熊谷のような武士は、領地を得て自分の子に継がせたいと思って戦っているので、息子をとて
も大事に思っています。しかし、今、自分が殺そうとしているこの若武者にも、自分と同じよ
うに息子を愛する父親がいるはずです。その見知らぬ父親の気持ちを自分のことのように思っ
た熊谷は、敦盛を殺せなくなってしまうのです。しかし、まわりには味方の武士がたくさんい
ます。もし逃がしたとしても、敦盛は誰かに殺されてしまうでしょう。そこで熊谷は、「武士ほ
どいやな仕事はない」と泣きながら敦盛の首を取りますが、その遺体からは笛が見つかり、戦
場に笛を持参していた優雅さに、ますます涙がこぼれます。この悲しみが原因となって、熊谷
はやがて出家してしまったと語られています。

　このように、滅びていった平家を惜しみ、世の無常を詠嘆しながら語られているのが、『平家
物語』です。『平家物語』は、琵琶法師による語り物として全国に広まり、またそれをもとにし
て、数多くの文学作品が作られました。「お伽草子」と呼ばれる15〜16世紀の物語群（「日本文
学の種類Ⅳ」参照）、そして14〜16世紀に作られた能や17世紀以降の浄瑠璃・歌舞伎（「日本文学
の種類Ⅴ」参照）などを通じて、『平家物語』は日本人全体の文学になります。そして、日本人
が歴史を考える時の基本的な材料の一つにもなってゆくのです。

= Discussion =

1．あなたの国にはどのような神話がありますか。また、外国の神話については、どのような
　話を知っていますか。

2．世界中にはさまざまな神話や説話がありますが、中にはよく似たものもあります。日本の
　神話や説話と比べてみましょう。

3．歴史を語る文学も、世界中にあります。では、歴史と文学とはどんな関係にあるのでしょ
　うか。考えてみましょう。

（佐伯真一）

日本文学の種類Ⅳ（物語・近世小説）

「日本文学の種類Ⅲ」で見たような、事実という形で書かれた物語に対して、虚構として作られた作品であることを明らかにしている形の物語を、ここで扱います。そうした物語の一部は、創作された物語という意味で、古くから「つくり物語」と呼ばれることがありました。平安時代から、こうした物語が多く作られました。そうした文学の伝統は、後に「小説」という言葉で呼ばれる物語類に引き継がれてゆきます。

「物語」という和語の意味についてはいろいろな説がありますが、古くは「あてにならない、まとまらない話」というような意味でも使われている言葉です。そうした意味では、「確かなよりどころがあるわけではない話」「虚構の話」というような意味が、もともと含まれていたのでしょう。また、「小説」は、もともとは漢語（中国語）で、「きちんとした根拠に基づいて正式に書かれた文章ではないもの」とか、「とるに足りない議論」といった意味を持っていたようです。従って、「物語」と「小説」は、和語と漢語の違いはあれ、よく似た意味の言葉だったのかもしれません。現在では、「小説」は近代文学のジャンルを示すのによく使われる言葉ですが、日本文学史の用語としては、中世や近世に作られた物語の呼び名として「中世小説」「近世小説」という用語を用いることがあります。ここではそうした意味で「小説」を用いています。

竹取物語

さて、平安時代の物語は、大きく分けて、『竹取物語（たけとりものがたり）』のような「つくり物語」と、『伊勢物語（いせものがたり）』のような「歌物語（うたものがたり）」の二つの系統から出発したようです（どちらも作者不明）。『竹取物語』は、竹取翁（たけとりのおきな）が竹の中から見つけ出して育てた美女かぐや姫が、貴公子や天皇の求婚を次々と断り、とうとう月の世界に帰って行く物語です。物語の内容としては、神話や説話によく似たところがありますが、それを詳しい物語にしたてて、笑いや涙を交えて人の心を描き出しています。月の都に帰って行く前に、かぐや姫は翁の前で嘆きます。

> かの都の人は、いとけうらに、老いをせずなむ。思ふこともなく侍るなり。さる所へまからむずるも、いみじくも侍らず。老い衰へ給へるさまを見たてまつらざらむこそ、恋しからめ。
>
> （『竹取物語』）

> （月の都に住む人々は、とても美しく、いつまでも老いることがありません。悩みもないのです。それはすばらしい世界ですが、でも、私は、そんな所に行くことがうれしくはありません。あなた方が老い衰えてゆかれる様子を拝見できなくなってしまうことが、残念でなりません。）

月の都という理想郷に帰って行くことは、かぐや姫にとってうれしいことであるはずです。しかし、かぐや姫は、老い衰えなどという悩みを持った人間の中で、泣いたり笑ったりしながら生きていたかったというのです。

そして、いよいよ月へ帰ろうとする時、天の羽衣（はごろも）を着て悩みのない心になってしまう直前に、かぐや姫は、非常に熱心に求愛してくれた帝（みかど）（天皇）に対して、「お別れせねばならないという時になって、あなたが恋しくなってしまいました」という意味の和歌と別れの言葉を残してゆくのです。人間が生きていれば、つらいことや悲しいことがたくさんありますが、かぐ

や姫は、そんな人間の生というものをいとおしく思ったのです。かぐや姫が月に帰ってゆく物語を事実だと思う人はいないでしょうが、このような心情に共感する人は多いでしょう。そのような人間らしい心を描くのが、物語なのです。

　一方、「歌物語」は、和歌に関する伝承をまとめたものです。『伊勢物語』はその代表的存在で、日本古典文学を代表する作品でもありますが、「日本文学の種類Ⅰ」で紹介したので、ここでは例文の提示は省略します。『伊勢物語』は、在原業平という実在人物をモデルにしているとされ、その意味では歴史を描く種類の物語に似ている面もありますが、業平の実像を語ろうとするのではなく、歌にまつわる短い物語をたくさん重ねて、男女の愛の姿をさまざまに描き出しています。歌に託して、男女の愛の気持ちが表現されるわけで、そうした心情の表現に共感する読者が、物語を支え、広めてゆきました。

源氏物語

　さて、『竹取物語』のようなつくり物語と『伊勢物語』のような歌物語、それに『蜻蛉日記』のような平仮名書きの文章で女性の心情を詳しく吐露する文学の影響をも受けて出現したのが、『源氏物語』です。『源氏物語』は、11世紀の初め頃、紫式部によって書かれたもので、全部で54帖の大長編物語です。桐壺帝という天皇の子であった光源氏が、さまざまの女性と恋の遍歴を重ねる物語が骨格となっています。

　ある時、光源氏は京都の北山へ行き、偶然に近くの家を垣間見（のぞき見）して、十歳ほどの可憐な少女を見つけます。

　　あまた見えつる子どもに似るべうもあらず、いみじく生ひさき見えて、うつくしげなる容貌なり。髪は扇をひろげたるやうにゆらゆらとして、顔はいと赤くすりなして立てり。「何事ぞや。童べと、はらだち給へるか」とて、尼君の見上げたるに、すこしおぼえたる所あれば、子なめりと見給ふ。「雀の子を犬君が逃がしつる、伏籠の中に籠めたりつるものを」とて、いと口惜しと思へり。　　　　　　　　　　　　　　　　　　（『源氏物語』「若紫」）

　　（その女の子は、他の多くの子供たちとは比べものにならず、成長すればさぞ美しくなるだろうと思われる、かわいらしい顔だちである。髪は扇を広げたようにゆらゆらとして、手でこすったために顔をひどく赤くして立っている。尼君が「何事ですか。子供達とけんかしたのですか」と言って見上げた、その顔だちに少し似ているところがあるので、その娘なのだな、と光源氏は御覧になった。「雀の子を犬君が逃がしちゃったの。伏籠の中に入れておいたのに」と、その女の子は、とても悔しく思っているようすである。）

夢中になって雀の子を追いかけていた、この無邪気なかわいらしい女の子が、後の紫上です。光源氏はこの子を引き取って育て、妻にするのですが、それはただ、この子がかわいらしかったからだけではありません。光源氏は、早く亡くなった母に似ている藤壺の宮に恋をしていましたが、この女の子は藤壺の宮に、どこか似ていたのです。しかし、藤壺の宮は父の中宮（正妻）だったので、それは禁断の恋でした。このようなかわいらしい場面にも、そのような陰影が隠されているわけです。

　やがて、光源氏は藤壺の宮と密会を遂げ、二人の間には罪の子が生まれますが、その子は桐壺帝の子として育てられます（冷泉帝）。そして、光源氏は幼い冷泉帝の後見として栄達を遂げ、大邸宅に紫上などの女性を集めて住まわせます。しかし、それでハッピー・エンドになる

わけではありません。老いてきた光源氏は、兄の朱雀院に頼まれてその皇女・女三宮と結婚します。紫上は正式に正妻となっていたわけではなかったのですが、夫が高貴な女性を正妻に迎えたことに衝撃を受けます。ところが、女三宮はやがて柏木と密通し、薫を生みます。今度は光源氏が妻に裏切られたわけです。そして、紫上も傷心の末に病死、光源氏は出家してしまいます。その後、成長した薫と友人の匂宮が、光源氏の異母弟・宇治八宮の娘たちに恋をする「宇治十帖」と呼ばれる物語が続き、薫と匂宮の板挟みとなった浮舟という女性が入水し、助かってやがて出家するといったところまで続いてゆきます。非常に複雑な大長編であり、世界最古の長編小説といわれています。

　その後、『狭衣物語』『夜の寝覚』『浜松中納言物語』等々、類似した性格の物語が、主に女性の手によって多く作られ、「王朝物語」などと総称されています。「王朝」は、日本では平安時代を意味することの多い用語ですが、「王朝物語」は、中世に入っても（12世紀末以降）作られ続けました。中世の後半、15〜16世紀には「王朝物語」とは性格を異にする、「お伽草子」「室町物語」「中世小説」などと呼ばれる物語群が多く作られました。中には王朝物語を受け継いだような物語もありますが、宗教的な物語も、武士の物語も、昔話に取材した物語もあり、さまざまな性格を持った物語群です。

近世小説

　そして、それを受けて、近世（17世紀以降）には、物語・小説と呼ぶべき作品が非常に多く作られました。江戸時代前半には、「仮名草子」と呼ばれる作品群、次いで「浮世草子」と呼ばれる諸作品があります。浅井了意などの仮名草子も文学史的に重要ですが、より重要なのは、17世紀末に登場した浮世草子であり、その代表的な作者が井原西鶴です。西鶴は、『好色一代男』『好色五人女』『好色一代女』などで男女の恋愛を、また、『日本永代蔵』『世間胸算用』などで町人の生活を、そして『武道伝来記』『武家義理物語』などで武士の生き方を描くなど、さまざまな題材をとりあげ、短編物語を積み重ねる手法を中心に、当時の人々の姿を描きました。

　ここでは、西鶴の代表作の一つ『日本永代蔵』巻2の1「世界の借家大将」を紹介しましょう。京都の藤市という町人は、もともと借家住まいで財産もありませんでしたが、倹約に努め、商品の値段などの情報を集めながら勤勉に働くうちに、金持になりました。たとえば、葬式の帰り道にも、道ばたに生えている草を取って薬にしたり、火打ち石を拾ったりします。正月の餅を買うにも、普通の人はつきたての餅を欲しがるものですが、藤市は、つきたての餅は水分を多く含む分だけ重いので損をする、冷えて堅くなった餅を買う方が得だというのです。ある年の正月、近所の人々が、金持ちになる方法を教えてほしいと、藤市の家に来ました。客が家に入る時、すり鉢で何かすっている音が聞こえてきたので、客たちは、何をごちそうしてくれるのだろうと話し合っていました。正月の食べ物などについていろいろと由来を尋ねる客たちに、藤市は、何もかも倹約のためだという珍説を披露した後、次のように言います。

　　さて、宵から今まで、おのおの咄し給へば、もはや夜食の出づべきところなり。出さぬが長者に成る心なり。最前の擂鉢の音は、大福帳の上紙に引く糊をすらした。

（『日本永代蔵』巻2の1）

　　（さて、日暮れから今まで、皆さんとずっと話していたので、もう夜食が出てくるはずの時間です。しかし、そこで夜食など出さないのが、金持になるための心得というものです。さっ

き聞こえていたすり鉢の音は、食べ物ではなく、商売を記録する帳面の表紙を貼るための糊をすらせていたのです。）

食事を楽しみにしていた客に対して、食事など出さないのが金持ちになる道だと教えたというわけです。倹約と勤勉によって大きな財産を蓄える商人が現れた、江戸時代らしい話です。藤市（藤屋市兵衛）という人物は実在した商人で、一代で財産を作ったことで知られ、その倹約ぶりは有名でした。倹約しすぎて吝嗇（ケチ）だという話も伝わる人ですが、西鶴は、この人物を、合理的で興味深い人物として描きました。それまでは存在しなかった、新たな生き方をする人物が現れたことを、興味深く描き出しているわけです。

　江戸時代後期に盛んになったのは「読本」と呼ばれる作品群です。18世紀後半から19世紀初めに上方（関西）で活躍したのは上田秋成です。上田秋成は、『雨月物語』『春雨物語』などの短編集で知られています。『雨月物語』は、中国古典文学を基礎としながら舞台を日本にとり、また日本古典文学をも織り込んで作り出された怪異小説集です。たとえば、巻2「浅茅が宿」は、『剪燈新話』「愛卿伝」のストーリーを基礎としていますが、舞台は15世紀中頃の関東、下総国真間という『万葉集』に歌われた伝説の地です。この地の勝四郎という男が、愛する妻宮木を故郷に残し、商用で京都に行きました。その間に関東では戦乱が起き、勝四郎が帰って来たのは7年も後のことでした。故郷は荒れ果てていましたが、家は残っていて、宮木は夫を迎えてくれました。勝四郎は喜んで一夜を過ごしましたが、夜が明け、目を覚ましてみると、家も妻も消えていて、そこには妻の墓だけが残っていたという話です。また、『春雨物語』は、日本の歴史上の人物や同時代の話を題材として、和漢の豊富な知識をちりばめた物語です。

　その後、主に19世紀前半に江戸で活躍したのが、曲亭馬琴（滝沢馬琴）です。馬琴は、『椿説弓張月』『南総里見八犬伝』『近世説美少年録』『開巻驚奇侠客伝』など、多くの長編小説があります。とりわけ、『南総里見八犬伝』は、1813年に起稿、1841年に完成するまで30年近くを費やした、全98巻106冊に及ぶ大長編です。全体の構想は『水滸伝』によりながら、室町時代、下総国の武士であった里見家の興亡を舞台としています。里見義実の娘伏姫が、八房という犬との間柄を疑われ、身の潔白を示すために腹を裂くと、「仁・義・礼・智・忠・信・孝・悌」の8つの玉が飛び散ります。そして、それらの玉を持った義兄弟の八犬士が各地に生まれ、それぞれ活躍しては出会いを繰り返し、ついには集まって里見家を盛り立ててゆきます。中国小説に拠りつつ日本の歴史を題材とし、善が悪を倒す勧善懲悪の世界観にのっとりながら、不思議な伝奇的物語を織り込んで物語が進んでゆきます。文体は漢文と和文を取り混ぜた和漢混淆文です。日本の物語・小説は、近代の直前に、このような長編小説を生み出していました。

= Discussion =

1．世界中にはさまざまな物語があります。どのような物語を知っていますか。

2．また、その物語はいつ頃作られたものですか。どのような題材をとりあげていますか。

3．近代の小説と、それ以前の時代の小説・物語は、どのような点が違っていると思いますか。

（佐伯真一）

日本文学の種類Ⅴ（芸能、能狂言・浄瑠璃・歌舞伎）

　「芸能」とは、歌や舞、演劇などを指す言葉です。歌も舞も起源は非常に古く、おそらく人類の文明の初めからあったはずです。演劇も、古代ギリシャでは紀元前5世紀頃、盛んに行われていたことが知られています。しかし、録音・録画などの装置が無かった時代、舞台で演じられた芸能は消えてしまい、かろうじて文字の記録だけが残ることになります。歌は、歌詞だけが文学として残されたりするわけです。

　日本でも古くから歌があり、『古事記』や『日本書紀』の中にも記紀歌謡が残っていることは、「日本文学の種類Ⅰ（和歌・連歌・俳句）」でもふれました。文学史用語では、和歌とは違って必ずしも定型がなく、メロディを伴って歌われていたと見られる歌を「歌謡」と言います。「歌謡」の歌詞を集めた文学作品としては、平安時代末期（12世紀末）の『梁塵秘抄』や、室町時代（16世紀初）の『閑吟集』などが有名です。そうした歌謡は、しばしば舞を伴ったはずですが、舞は絵画や現存する演劇的な芸能の中に残ったものを除いて、ほとんどが消えてしまいました。

能と狂言

　さて、ここでは以下、演劇的な芸能を見てゆきます。まず注目すべきは「能」です。「能」は、もともと特別な能力という意味で、いろいろな芸能を指す言葉だったようですが、現在「能」と呼んでいるのは、古くは「猿楽」（申楽）と呼ばれていたものです。猿楽は、もともと、こっけいな物まね芸や簡単な寸劇などを指す言葉だったようです。それが、歌や舞などを取り入れる一方、こっけい味はぬぐい去り、14世紀頃には現在の能に近いものになったと見られます。そのような能を確立したのは、主に観阿弥・世阿弥の親子でした。特に世阿弥は14世紀後半から15世紀前半に、能の演者・作者・理論家として活躍し、能を現代まで伝わる古典演劇に高めたことで知られています。世界にはさまざまな演劇や芸能がありますが、14世紀頃から基本的に形を変えていないという意味では、能は世界最古の演劇ということもできるでしょう。

　能は舞台芸能であり、演劇ですが、その台本は必ずしも台詞のやりとりではなく、ナレーション（全体を見渡した語り手の言葉）と登場人物の台詞が時に一体となり、また、しばしば歌うように書かれています。その歌・歌詞を「謡曲」と呼びます。世阿弥などの謡曲は、文学としてすぐれていると評価されています。

　たとえば、謡曲「砧」の一節を紹介してみましょう。「砧」は、九州から訴訟のために京都に行って3年も帰って来ない夫を待つ女が、遠くの夫を思いつつ砧を打つという話です。「砧」は、東アジアで使われる衣を打つ道具の名です。古代中国の蘇武（Su Wu）が、北方の匈奴に抑留されて19年も帰れなかったというのは、中国でも日本でも有名な話ですが、その妻が夫を思いつつ砧を打った音が、はるか遠くの蘇武に聞こえたという奇跡の物語が、日本では語られていました。その蘇武の故事を思い出して、妻は砧を打つのです。

　　文月七日の暁や、八月九月、げに正に長き夜、千声万声の、憂きを人に知らせばや。月の色、風の景色、影に置く霜までも、心凄き折節に、砧の音、夜嵐、悲しみの声、虫の音、交じりて落つる露涙、ほろほろ、はらはらはらと、いづれ砧の音やらん。

（七夕の織女と牽牛が年に一度の逢瀬を終えて別れるのは七月七日の暁だが、その後、八月
九月を過ぎて、秋の夜はほんとうに長い。砧の音に乗せて、千万の声で、私の悲しみをあの
人に伝えたい。月の色や風の様子、日陰における霜までも、冷えて寂しいこの秋の夜に、砧
の音も、夜の嵐の音も、私の悲しみの声も、虫の声も、みな入り交じって聞こえ、夜露と涙
も交じって落ちる、ほろほろと、はらはらと。一体どれが砧の音なのだろう。）

夫に会えない妻の悲しみを、秋の夜の景物と織り交ぜながら描き出した一節です。砧の音は、
嵐の音や虫の声、そして涙の落ちる音とまじって、一体となっていると描かれます。そして舞
台上では、妻の気持ちは、砧に見立てた扇を打ちおろす、大きくはない動作に込められていま
す。決して激しくはない動作に万感の思いが込められるのが、能という芸能の特色です。この
後、妻は悲しみのあまり亡くなってしまい、愛執のあまり地獄に落ちて苦しみますが、夫が法
華経を読んで成仏させます。

　能は、このような寂しい話ばかりではありません。怪物との戦いなど、舞台上で見る時の面
白さを追求したものもたくさんあり、中世には、もっと多様な能があったと見られます。しか
し、その中で芸術的にすぐれたものが、長い時間を経て残っているわけです。

　「狂言」は、猿楽本来の笑いの側面を受け継ぎ、喜劇として発展した芸能で、能と分かち難
い関係にあり、現在でも能と同じ舞台で共に上演されます。のんきな大名や、祈禱がちっとも
効かない山伏、あるいは浮気者や道楽者の夫、酒飲みなど、いかにも世の中に実在しそうな多
種多様な人物が登場し、さまざまな笑いを提供します。中世には、この他、舞と語りの「幸若
舞曲」や語り物の「説経節」など多様な芸能がありました。幸若舞曲は15～16世紀には大変
人気のあった芸能で、現在福岡県の大江に民俗芸能の形で残っています。

浄瑠璃

　そして、近世には新たな芸能が発達します。まず、重要なのが「浄瑠璃」です。浄瑠璃は、
もともと、浄瑠璃姫という女性を主人公にした語り物である『浄瑠璃物語』（浄瑠璃十二段草子）
の呼び名が、語り物全般の名になったものです。『浄瑠璃物語』は15世紀頃から流行したよう
ですが、16世紀後半には琉球から渡来した三味線がこの語り物と結びつき、17世紀には人形と
結びついて、人形劇になりました。やがて、浄瑠璃といえば三味線の伴奏によって語る人形劇、
人形浄瑠璃を指すようになったわけです。語りの面では、17世紀後半に竹本義太夫が義太夫節
を始め、それ以後の浄瑠璃の語りは義太夫節になりました。それ以前の浄瑠璃を「古浄瑠璃」
と呼び、区別しています。

　人形浄瑠璃を、近世を代表する芸能に高めたのは、17世紀末から18世紀初めに活躍した近松
門左衛門です。近松は非常に多くの浄瑠璃作品を作りました。それらは、過去の歴史を題材と
した「時代物」と、同時代の話として作られた「世話物」に分類されます。時代物では「出世
景清」「用明天皇職人鑑」「国性爺合戦」「平家女護島」など、世話物では「曽根崎心中」「冥
途の飛脚」「心中天の網島」「女殺油地獄」などが有名です。

　初期の世話物である「曽根崎心中」を見てみましょう。醬油屋の平野屋の手代（やや上位の
使用人）である徳兵衛は、遊女お初に恋していました。徳兵衛は正直な人物ですが、田舎の継
母や友人に裏切られ、追い詰められて、ついに心中してしまいます。遊郭を抜け出し、曽根崎
の森へ向かって二人で歩いてゆく道行の場面です。

この世のなごり、夜もなごり。死にに行く身をたとふれば　あだしが原の道の霜。一足づつに消えて行く。夢の夢こそあはれなれ。あれ数ふれば暁の。七つの時が六つ鳴りて残る一つが今生の鐘のひびきの聞きをさめ。寂滅為楽とひびくなり。

　　（この世で迎える最後の夜、その夜ももうすぐ明けてしまう。死への道をたどる二人の身をたとえてみれば、墓場の道においた霜が、一足踏むたびに消えてゆくようなものである。夢の中でまた夢を見ているような、はかないあわれなものである。ああ、数えてみると夜明けを告げる七つの鐘が、もう六つ鳴った。残る一つが、この世で聞く最後の鐘の響きなのだ。その鐘は、寂滅為楽と響きわたる。）

　　（「寂滅為楽」は「諸行無常、是生滅法、生滅滅已、寂滅為楽」の一句。静かに消えてゆくことこそを喜びとする意。祇園精舎の鐘がこの偈を唱えたとされる。）

　「心中」は、もともと信義や愛情を守りとおすことを意味した言葉ですが、特に、愛しあった男女がいっしょに死ぬ意味で用いられるようになりました。お初・徳兵衛の心中は、1703年に実際に起きた事件で、近松はそれをすぐに浄瑠璃にしたてました。その意味では現代のスキャンダル報道に似ていますが、近松は、この心中事件をただ興味本位に取り上げるのではなく、心中した二人の側に立って、その死に至るまでの心情を描き出しました。この作品は大評判になって多くの類似作品を生み、また、近松自身も「心中重井筒」「心中天の網島」「心中宵庚申」など、心中物と呼ばれる作品をいくつも作りました。

　近松以後も浄瑠璃は作られ続け、現在も大阪の文楽劇場などで演じられています。「文楽」は、人形浄瑠璃を演ずる座（劇団・芝居小屋）の一つ「文楽座」の名称ですが、文楽座だけが残ったために、今では人形浄瑠璃そのものを「文楽」ともいいます。

歌舞伎

　さて、人形浄瑠璃に対して、人間が演じる「歌舞伎」は、17世紀初めに出雲阿国が京都で興行した「かぶき踊り」に始まるとされています。「かぶき」は、もともと、派手な身なりで目立つふるまいをする、性的なアピールをするといった意味の「かぶく」という動詞からできた言葉です。そうした行動をしたがる、体制からはみ出した者達を「かぶき者」と呼んでいました。つまり、「かぶき」は、現代でいえばロックンロールのような、目立ちたがりの反体制的な若者たちの芸能だったわけです。はじめは男女が共に芸をする「女歌舞伎」でしたが、風俗を乱すとして禁止され、女性役を少年が演ずる「若衆歌舞伎」になりました。しかしそれも禁止され、成年男性のみが演ずるようになった「野郎歌舞伎」が、現在の歌舞伎のもとになっています。現在でも、歌舞伎は男性のみによって演じられます。女性を演ずる俳優を「女形」（おんながた・おやま）といいます。

　歌舞伎は、そのような変化をとげつつ、17世紀後半には盛んに演じられるようになりました。17世期末から18世紀初めにかけて、上方（関西）では恋愛などを写実的に描く「和事」が、江戸では豪快で誇張された演技の「荒事」が発達し、その後に継承されます。近松門左衛門も、人形浄瑠璃だけではなく、歌舞伎の台本も書いています。しかし、18世紀前半頃までは、むしろ人形浄瑠璃の方が盛んでした。歌舞伎は、人形浄瑠璃に学び、その台本を歌舞伎に転用しながら、次第に発展してゆきます。18世紀前半に、上方で竹田出雲や三好松洛・並木宗輔らによって作られた「仮名手本忠臣蔵」「菅原伝授手習鑑」「義経千本桜」などの作品は、最初は

浄瑠璃として作られましたが、すぐに歌舞伎に転用されてゆきます。その後は歌舞伎として上演されることが多くなり、現在では、これらは歌舞伎の演目であると理解されています。

「仮名手本忠臣蔵」は、実際に起きた赤穂事件、つまり赤穂浪士の敵討ちを題材にしています。1701年に吉良上野介とのいさかいによって切腹させられた浅野内匠頭の家臣たち、大石内蔵助率いる47人が、翌年12月、吉良邸を襲撃して上野介を討ち取った事件です。しかし、政治的事件を題材にした演劇の上演は禁じられていたので、「仮名手本忠臣蔵」は、舞台を『太平記』の世界に借りました。浅野内匠頭を「塩冶判官」、吉良上野介を「高師直」という『太平記』の登場人物に置き換え、大石内蔵助の代わりに架空の「大星由良助」という人物を創作するなどして、禁制を逃れて上演したわけです。

　赤穂事件を扱った芝居や物語は多く、浪士たちが敵討ちを遂げるまでの、一人一人の物語が発展してゆきます。「仮名手本忠臣蔵」では、とりわけ、早野勘平とその恋人お軽の恋物語に焦点が当てられています。勘平は塩冶判官の近習でありながら、お軽と会っていたために、主君が師直と事件を起こした時に居合わせることができませんでした。勘平を四十七士の仲間に加えるための資金作りに、お軽は遊郭に身を売りますが、その金を持って帰るお軽の父を誤って殺してしまったと思い込んだ勘平は、千崎弥五郎と不破数右衛門の前で切腹してしまいます。以下は、その時の勘平のセリフです。

　　いかなればこそ勘平は、三左衛門が嫡子と生まれ、十五の年より御近習勤め、百五十石頂戴致し、代々塩冶の御扶持を受け、束の間御恩は忘れぬ身が、色に耽つたばつかりに、大事の場所にも居り合はさず、その天罰で心を砕き、御仇討の連判に、加はりたさに調達の、金も却つて石瓦、鶍の嘴と喰ひ違ふ、言ひわけなさに勘平が、切腹なすを御両所がた、御推量下さりませ。

　　　（私勘平は、三左衛門の嫡子として生まれ、十五歳から塩冶判官殿の側近としてお仕えし、百五十石の禄をいただいて代々お仕し、わずかな間もその御恩を忘れたことはないにもかかわらず、恋にふけったために、主君の大事件の時にその場に居合わさず、その罰で苦労することとなり、敵討ちの仲間にも入れてもらうために金を調達しようとしたためにかえって失敗し、このようにすべてがイスカという鳥のくちばしのように食い違ってしまう、申し訳なさに腹を切るのを、お二方よ、御覧下さい。）

「忠臣蔵」は、現在も人気があり、新しいドラマが次々と作られています。また、歌舞伎は、今では最も人気のある古典芸能であり、歌舞伎役者は、歌舞伎を演ずるだけではなく、一般の映画やテレビ・ドラマでも活躍しています。

= Discussion =

1．演劇を舞台で見たことがありますか。または、ビデオなどで見たことがありますか。感想を話し合ってみましょう。

2．あなたの国の伝統的な芸能（歌や舞、演劇など）には、どんなものがありますか。

3．演劇にはいろいろな種類があります。どのような演劇を知っていますか。

（佐伯真一）

日本の歴史と文学 I （上代・中古）

日本の古代文字

　日本文学史では、 7 世紀後半から12世紀末までの約500年を「古代」と考えます。この時代に、天皇を中心とする宮廷を母胎として文学が誕生し、発展してきたからです。日本文学史の「古代」は、日本の歴史で言う飛鳥時代・奈良時代・平安時代に当たります。しかし、歴史学では、「古代」の始まりを、ヤマト政権の成立する 4 世紀からとしています。

　もちろん、 7 世紀以前の日本列島にも文学は存在していたはずです。それは、世界の、文字を持たないエスニシティ（ethnicity）が、豊かな口誦の神話・物語・伝説や歌謡を持っていることから類推できます。日本列島に人類が住むようになった 3 ～ 4 万年前から、列島のさまざまな地域で神話・物語・伝説が語られ、歌謡が歌われていたと思います。しかし、それらを直接に知ることはできません。

　口誦の神話・物語・伝説や歌謡が初めて文字に記録されたのが、 7 世紀後半です。しかも、それらは単純に文字に写されたのではなく、新たに〈文字の文学〉に生まれ変わりました。口誦文芸（oral literature）は、それらが披露される場（site）、語り手や歌い手の声、身振り、音楽などと一体です。その内容も共同体（community）の歴史や儀礼に関わり、決まった場所で決まった時間に、繰り返し同じ神話・物語・伝説が語られ、歌謡が歌われます。それに対して、〈文字の文学〉は、ことばそのものの美によって、人間に関わるさまざまなテーマを表現し、時間と空間を超えて、人々に読まれるものとなります。

　天皇や貴族たちは、口誦文芸を〈文字の文学〉に押し上げるとともに、さらに新しい内容と形式からなる〈文字の文学〉を生み出していったのです。ただし、「古代」の〈文字の文学〉が、人々の前で披露されるものであったり、語り手を設けてストーリーを進めたりするなど、なお口誦文芸的な性格を強く残していたことにも、注意しておきたいと思います。

「上代」と「中古」

　日本文学史では、「古代」をさらに「上代」と「中古」に区分します。「上代」は 7 世紀後半から 8 世紀末までの約110年間で、飛鳥時代後半と奈良時代に当たり、「中古」は 8 世紀末から12世紀末までの約390年間で、平安時代に当たります。この区分は、律令制度（法に基づく政治制度）のもとで、国家が強力な権力を持ち、多様な地域社会を統一的に支配していた奈良時代と、国家が実質的な力を失い、代わって天皇の外戚貴族の藤原氏、のちに上皇が権力を握り、私的政治を行った平安時代という、政治史の区分に対応しています。

　しかし、それだけでなく、〈文字の文学〉の根本的条件の変化による区分なのです。「上代」には、日本固有の文字はまだ誕生しておらず、天皇や貴族たちは、中国の文字である漢字を使って、〈文字の文学〉を書き記しました。その文章は、ある程度中国語の文法に従わなければなりませんでした。しかし、「中古」では、日本固有の文字である平仮名・片仮名が発明され、日本語の文法に従って、文章が自由に書けるようになりました。これによって、〈文字の文学〉はその範囲を飛躍的に広げました。特に物語・日記文学・随筆など散文の発達をもたらしました。

7世紀の文学

　それでは、時代を追って、「古代」の歴史と文学を見てゆきます（以下、この章では〈文字の文学〉の意味で「文学」の語を使います）。

　7世紀後半に、日本の文学は、激動する東アジアの政治状況を受けて誕生しました。618年に唐（Tang）が建国され、前王朝の隋（Sui）の末から混乱に陥った中国全土を再統一しました。唐は律令をもとに国家体制を整えて広大な国土を支配し、周辺国への圧力も強め、朝鮮半島では百済（Baekje）を、次いで高句麗（Goguryeo）を滅ぼしました。日本は百済の遺臣に対して援軍を派遣しましたが、白村江（Baekgang　現在の錦江 Geum-gang の河口）で唐・新羅（Silla）連合軍に大敗北を喫しました。これを機に、律令国家の建設が強力に推進されました。

　律令の整備、中国的な都城の建設、戸籍の作成など、政治体制が整えられるとともに、仏教の興隆・歴史書の編纂・漢文学の普及も進められました。中国の模倣に止まらず、国号を「日本」と定め、天皇家の祖先神天照大神を中心とする祭祀を確立するなど、ナショナリズムの発揚にも努めました。日本文学はこの中で誕生したのです。行幸（天皇の旅）、遷都、天皇・皇族の死などの、宮廷の大きな出来事に際して、人々の心を一つに束ねるための「やまと歌」が求められ、皇族の女性・額田王や、下級官人の柿本人麻呂らが、これに応えました。額田王の歌「熟田津に船乗りせむと月待てば潮もかなひぬ今は漕ぎ出でな〔熟田津（今の愛媛県松山市近郊にあった港）で船出をしようと月を待っていると、（月も出て）潮も満ちてきた。さあ今こそ漕ぎ出そうぞ〕」（『万葉集』）は、百済救援の船団に力強く出航を命じ、人麻呂の歌「東の野に炎の立つ見えてかへり見すれば月傾きぬ〔東の野には、炎のように輝く暁の光が現れるのが見えて、振り返って見ると月が西の空に傾いていた〕」（同）は、狩場の朝の荘厳な情景を描いています。差し昇る太陽の天武天皇の皇孫・軽皇子を象徴します。人麻呂は「やまと歌」を文字に記すための工夫も凝らしました。この歌も原文は「東野炎立所見而反見為者月西渡」で、東西の情景が対比的に浮かび上がるようになっています。

8世紀の文学

　8世紀に入ると唐の玄宗（Emperor Xuanzong）の新政によって、東アジアは安定と交流の時代に入りました。日本と唐の関係も改善し、遣唐使がたびたび派遣され、唐の政治や文化に関する最新の知識がもたらされました。唐の都・長安城に倣って造営された平城京を中心に、日本の律令国家は最盛期を迎えます。まず、天武天皇のもとで開始された歴史書の編纂事業が、『古事記』（3巻。712年）、『日本書紀』（30巻。720年）に結実しました。二つの歴史書は、神話と歴史を連結して、天地の始まり以来、天皇家が国土を治めてきたことを、諸氏族の祖先が天皇家と血縁関係にあることを示して、共通の神話と歴史的記憶を持つ天皇と貴族の共同体を創り出しました。正式な漢文で書かれた『日本書紀』は国外向けで、部分的に日本語の文法に従う『古事記』は国内向けです。特に『古事記』は、口誦の神話・物語・伝説を巧みに取り込みながら、人間的感情に富む神々や、悲劇的英雄・倭建命を造形しました。また、諸国に「風土記」の編集と献上が命じられ（713年）、地方の物産や土地に関する情報とともに、古老の伝えた伝説も集められました。その中には、海の向こうの異世界に行った男性が、帰ってみると長い時間が過ぎていたという「浦島伝説」もあります。

　「やまと歌」も中国文学や仏教・道教に影響を受けて、新しい波が起こりました。行幸に従っ

48

た下級官人・山部赤人は、漢詩に学んだ印象鮮明な対句によって、清朗な自然の情景を詠み、聖武天皇のもとで栄える国土を讃美しました。また、中国では漢代以来、詩を「言志」（本来の自分でありたいという心の表現）と考えます。遣唐使として則天武后（Empress Wu）時代の中国に渡り、学識経験豊かな官僚・山上憶良は、飢えと寒さに苦しみながらも人間らしくありたいという民の願いを、「貧窮問答歌」（『万葉集』）で代弁しました。

　ところが、8世紀後半に入ると、安禄山（An Lushan）・史思明（Shi Siming）の反乱によって、唐の律令体制は崩壊し始めます。日本でも、聖武天皇が東大寺大仏造立を進める中で、天皇の外戚・藤原氏と皇族・伝統的氏族の対立が露わになり、政治的混乱の時代に入ってゆきました。その中で、伝統的氏族出身の大伴家持は、「うらうらに照れる春日にひばり上がり心悲しも独りし思へば〔のどかに照っている春の光の中に、ひばりがまっすぐに空高くのぼり、心の内には耐え難い悲しみが満ちている。たった独りで思うと。〕」（『万葉集』）と、自分でもさえもはっきりと説明することのできない深い〈孤独〉を表現しました。

9世紀の文学

　794年には政治的混乱の収束のため、桓武天皇は平安京に遷都しましたが、政治の安定の実現は、9世紀初頭の嵯峨天皇の時代に持ち越されます。遷都前後に、家持らによって聖武天皇の時代に至る繁栄の歴史の記念碑として『万葉集』（全20巻）がまとめられました。

　嵯峨天皇は、儀礼を中国風に改め、法制の整備を進め、文人を重用して、律令国家の再建に努めました。「文章経国」（詩文の繁栄が国家の経営に繋がる）の理念のもと、『凌雲集』（1巻。814年）・『文華秀麗集』（3巻。818年）などの勅撰漢詩集が編まれ、漢文学が隆盛しました。しかし、9世紀を通じて、文人たちは藤原氏によって政界から追われてゆきました。代わって平仮名を使った「和歌」（「和歌」の語は平安時代から登場）や物語が、藤原氏によって排除された貴族たちによって制作されるようになりました。その中心にいたのが在原業平です。業平は大胆な発想と表現の歌を詠み、業平周辺では『伊勢物語』の原型が作られました。『伊勢物語』は、業平らしき主人公の、世俗的なものにとらわれず、烈しい思いを「和歌」で表現するという「みやび」の心を、ドラマティックに描いた物語です。9世紀末には『竹取物語』も成立します。異世界から来た「かぐや姫」への貴公子たちの求婚が失敗に終わるこの物語には、権力も財力も所詮はこの世のものでしかないという冷めた目があります。

10世紀の文学

　10世紀には、天皇と藤原氏が協調して、再び儀礼の整備や法典・歴史書の編纂を進め、律令国家の再建をめざしました。しかし、嵯峨天皇の時代とは異なり、モデルとしていた唐は亡び、ナショナルなものに重きが置かれました。醍醐天皇は下級官人の紀貫之らに勅撰和歌集『古今和歌集』（20巻）の編纂を、村上天皇は下級官人の清原元輔・大学寮の学生の源順らに勅撰和歌集『後撰和歌集』（20巻）の編纂を命じました。これらの勅撰和歌集は、「和歌」に漢詩と並ぶ地位を与え、平仮名を、「和歌」を記すための公的文字と認定し、中国中心の漢字文化圏からの日本文化の独立を宣言するものでした。貫之の歌「桜花散りぬる風のなごりには水なき空に波ぞ立ちける〔桜の花が散ってしまった風が後に残した余韻—余波として、水のないはずの空に何と波が立っていたことだ〕」（『古今和歌集』）が、「なごり」の二つの意味を利用して、桜を散らした風が去った後の花びらの残像と、風が止んだ後の波のさざめきをモンタージュしたよ

うに、自然を再構成するのがこの時代の和歌の特徴です。

11世紀以後の文学

　天皇主導の政治に対する貫之たちの期待と裏腹に、やがて藤原氏は天皇の外戚として権力の基盤を固め、やがて摂政（天皇が幼少時の政務代行者）・関白（天皇の成長後の補佐者）として実権を握りました。そして、藤原氏は后妃として後宮に送り込んだ娘に、高い教養を身に付けた、藤原氏の私的な侍女を「女房」として側近く仕えさせました。

　11世紀前半には、藤原道長・頼通父子が摂関家として強力な権力を振るいました。この時代に女房たちが優れた作品を遺しました。一条天皇の皇后・藤原定子の女房の清少納言の随筆『枕草子』は、「春はあけぼの。やうやう白くなりゆく山ぎは、すこし明かりて、紫だちたる雲の、細くたなびきたる。〔春は夜明けに限る。次第に白くなってゆく、空の山に接するあたりが、少し明るくなって、紫がかった雲が細くたなびいているのがよい。〕」（第1段）と歯切れのよい文章で新しい美を示すとともに、定子に仕えた日々を物語の場面のように鮮やかに表現しました。一条天皇の中宮（皇后に次ぐ后）・藤原彰子の女房の紫式部の『源氏物語』（54巻）は、卓越した美質と情熱を持った皇子が臣下に降り苦難に遭遇するも、それを乗り越え実質的に皇統の継承者となるという、壮大な「英雄物語」です。しかしそれだけでなく、栄華の後の苦しみも描き、運命を背負って生きる人間の姿も見つめています。地方官の中級貴族・菅原孝標の娘は華麗な『源氏物語』の世界に憧れました。結局平凡に終わったその人生を辿り直す日記文学『更級日記』は、自分自身を主人公にしたリアルな物語ともなっています。

　藤原氏の女性を生母としない後三条天皇が即位した11世紀後半から、歴史が急激に動き始めます。後三条天皇・白河天皇父子は摂関家から実権を取り戻し、さらに白河天皇は譲位し、天皇の父である上皇（院）という自由な立場で権力を振るう「院政」を開始しました。藤原氏に抑えられていた中級貴族たちは、和歌の伝統を受け継ぐために、過去の和歌の研究に励み、互いに議論を戦わせました。歌人で学者の藤原俊成の歌「夕されば野辺の秋風身にしみて鶉鳴くなり深草の里〔夕方になると秋風の冷たさが身にしみ、鶉も悲しげに鳴いているよ。深草の里で。〕」（『千載和歌集』）が、『伊勢物語』の、男に飽きられた、深草の里の女の寂しい心を表現したように、古典を踏まえながら、情景の醸し出す雰囲気を重視する歌が作られました。また、この時代には、辺境での反乱を鎮圧した武士が存在感を増します。上皇の軍事力として武士団も組織されました。その武士を始め、流動する世の中に強い関心を寄せた文学が、説話集『今昔物語集』（31巻）です。片仮名を使い、漢文訓読調の文章で、行動する人々を生き生きと映し出したこの説話集の先に、中世の文学が見えてきます。

= Discussion =

1．あなたの国の文学はどのようにして始まりましたか。

2．世界の「古代」の文学の特徴は、どのようなところにあると思いますか。

3．日本文学において和歌と物語はどのような関係にあると考えますか。

4．日本の古代では、歴史と文学はどのような関係にありますか。

（小松靖彦）

日本の歴史と文学Ⅱ（中世・近世）

　日本の歴史で、一般的に、「中世」とは12世紀末から16世紀（鎌倉時代・南北朝時代・室町時代・戦国時代）、「近世」とは17世紀から1868年の明治維新まで（江戸時代）を指します。日本では、鎌倉幕府ができてから江戸幕府が政権を失うまで、武士が実質的に政権をとった時代が700年近く続いたわけですが、その前半が中世、後半が近世であるといってもよいでしょう。ここでは、この時代の歴史と文学について解説します。

中世の始まり

　12世紀の後半に短い期間ながら政権を握った平家が、1185年に壇ノ浦合戦で滅亡します。その戦い（源平合戦）を描いた『平家物語』については、「日本文学の種類Ⅲ」で見たとおりです。戦いに勝った源頼朝は、鎌倉幕府を開きます。京都の朝廷と鎌倉の幕府の二つの政府ができたわけです。鎌倉時代の始まりです。これ以後、日本では形式的には朝廷（公家）が最上位にいながら、実質的には武家政権がより大きな権力を持つという二重の政治体制が続きます。もっとも、鎌倉幕府ができてからしばらくの間は、武家政権は十分安定したものではなく、後鳥羽院は、これを倒して朝廷中心の政治に戻そうとして、承久の乱（1221（承久3）年）を起こしました。しかし、この戦いは武家側の圧勝に終わり、鎌倉幕府の権力はゆるぎないものとなりました。

　そのようにして、政治的には鎌倉の重要性が増してゆきますが、文化の中心はまだまだ京都にありました。後鳥羽院は承久の乱の前に、藤原定家などを選者として『新古今和歌集』を編集させています（1205（元久2）年。「日本文学の種類Ⅰ」参照）。藤原定家（「ていか」とも）は、藤原俊成の子で、この時期を代表する歌人です。歌壇の中心として活躍し、家集や歌論を多く残した他、『源氏物語』などの古典を多く書写して残しました。また、1212（建暦2）年には、鴨長明の『方丈記』が成立しています。「行く川の流れは絶えずして、しかももとの水にあらず〔流れて行く川の流れは常に絶えることがないが、流れている水は常に上流から流れてきては下流へ流れ去り、入れ替わっている〕」という有名な冒頭に始まり、家のはかなさを論じつつ、激動の時代の体験をふまえて、人が生きる目的を考えた作品です。説話集の『宇治拾遺物語』なども、承久の乱前後にできたと考えられます。13世紀前半は、このように、重要な作品が多く生み出された時期でした。それは、前時代の残照と新しい時代の曙光が重なり合うような時期だったといえるかもしれません。

　さて、鎌倉幕府ができてから、京都と鎌倉を往復する人々が増加します。それにともなって、東海道の旅を題材にした紀行文学が作られます。藤原為家の遺産相続に関わる訴訟のために、京都から鎌倉に下った阿仏尼の『十六夜日記』（1280年までに成立）などが、その代表的な作品です。旅の文学としては、これ以前に、紀貫之の『土佐日記』があり、一人で諸国を旅しながら仏法の修行をし、同時に歌を詠んで歩いた西行（1190（建久元）年没）のような人物もいましたが、旅をする人が激増したのはこの時代だったといえるでしょう。旅といえば、14世紀初頭に成立したと見られる『とはずがたり』の作者、後深草院二条も、後半生は諸国を旅し、それを作品の後半に書き残しています。二条は女性ですが、西行にあこがれて諸国をめぐったのです。二条の場合、前半生は『とはずがたり』前半に見られるように、宮廷の周辺で男女の愛

に生きる、『源氏物語』の世界のような生活を送っていたようです。それが後半生、西行のような旅に出るところが、中世らしいところです。

　13世紀末から14世紀前半の和歌の世界では、京極為兼などの京極派が活躍し、新風を吹き込みました。また、14世紀前半、歌人でもあった兼好法師は、『徒然草』を著します。『徒然草』137段の「花はさかりに、月はくまなきをのみ、見るものかは〔桜の花は満開の時だけ、月はかげりのない満月だけを見るというものではない〕」という言葉は有名です。花を楽しむというのは、咲くのを楽しみにし、また、散るのを惜しむことまで含めて全体の心の動きをいうのだし、月については、明け方近くまで待って、深い山の杉のこずえに現れた月が、濡れた木々の葉を照らすなどといった情景も、とても美しいではないか、というのです。伝統的な王朝的文化を受け継ぎながら、新たな美意識を見せているわけです。しかし、文学の中心にあった和歌が、新たな世界を切り開く力は、この頃から次第に衰えてゆきます。和歌文学の基盤だった朝廷が衰えていったからです。

南北朝・室町時代

　1333（元弘3）年、後醍醐天皇を中心とした勢力が、鎌倉幕府を滅ぼします。しかし、政権を取った後醍醐天皇がめざした天皇中心の政治の復活は、多くの武士たちには支持されず、たちまち政権を失ってしまいます。足利尊氏は、後醍醐天皇とは別の系統の天皇を擁立し、室町幕府を開いて、再び武家政治を始めます。後醍醐天皇は京都から逃げて吉野の山中にもう一つの政府を作ります。朝廷は、京都の北朝と吉野の南朝に分裂したわけで、14世紀末頃まで、両者が並び立った南北朝時代が続くわけです。この間、全国には戦乱が続きました。この戦乱を描いたのが、『太平記』です。『太平記』は南北朝の戦乱の行方を追いながら書き継がれたようで、1374年以前に成立したようです。全40巻の大作で、『平家物語』と共に軍記物語の代表作とされています。

　室町幕府は、三代将軍の足利義満の時代に最も安定し、1392（明徳3）年には北朝と南朝が合体して南北朝時代が終わります。しかし、その後の室町時代は、引き続き合戦の多い不安定な時代でした。そして1467（応仁元）年には応仁の乱が起き、武士たちが二つに分かれて11年間も戦いを繰り広げ、室町幕府の権力はさらに弱体化します。応仁の乱以降、1600年頃までを「戦国時代」と呼ぶことも一般的です。南北朝から室町時代に連歌が発達したことは、「日本文学の種類Ⅰ」で、また、能・狂言が発達したことは、「日本文学の種類Ⅵ」で解説しました。この時代には、それらの他に、「お伽草子」「中世小説」「室町物語」などと呼ばれる物語群が多く作られました。

　以上、中世文学の特色を簡単にまとめると、まず、平安時代の文学を継承する中から、新たな文学が生まれてきたことです。同時に、『平家物語』が琵琶法師によって語られ、能・狂言が盛んになったように、必ずしも文字によらない芸能の活発化によって、文字を読めない人々の間に文学が広がったことも、この時代の特色です。お伽草子は、それ以前の絵巻物に比べて、ずっと安価な絵本の形でも作られるようになり、絵本の読者も拡大しました。さらに、交通の発達によって、空間的にも文学の読者は広がりました。たとえば、連歌は連歌師によって全国に広まりました。京都で少数の貴族たちに読まれていた平安朝の文学に比べると、中世文学は、階層的にも地理的にも、ずっと広い層の人々に広がったといえるでしょう。もう一つ、どのジャンルの文学にも仏教の影響が非常に強いのも、中世文学の特色です。

52

中世から近世へ

　さて、長く続いた全国的戦乱も、関ヶ原の戦い（1600年）と大坂冬の陣・夏の陣（1614・1615年）によって、ようやく終結を迎えます。大坂夏の陣のあった1615（元和元）年に戦乱が終わったという意味で、「元和の偃武」といいます（「偃武」は武器の使用をやめること）。その後も島原の乱（1637〜1638年）はありますが、全国的には平和な時代が、幕末まで、約250年以上も続きます。外国との交流を最小限に抑えた中で、独自の文化が栄えた時代です。文化の中心は、前半は上方（関西）でしたが、後半は江戸へとゆるやかに移ってゆきました。

　日本の近世文学を考える大前提は、出版文化の隆盛です。日本の出版文化は中国や韓国より遅れ、出版物は中世まで仏教の一部の典籍に限られていました。しかし、16世紀末にキリシタン宣教師によって西洋活字文化が伝わり、さらに豊臣秀吉の朝鮮侵略に際して、朝鮮活字を奪ってきたことにより、一気に活字文化が広まりました。いわゆる「古活字版」が作られるようになったわけですが、日本では活字はそれほど愛用されず、間もなく「整版」（版木に文字や絵を彫りつける印刷）が主流になります。これは手間がかかりますが、文字と絵を一体として印刷するには適した方法でした。ともあれ、書物が大量に印刷される時代になったわけです。同時に、平和な時代になったため、教育が普及して文字を読める人々が増加し、また産業が発達して経済的に豊かになり、本を買える人々が増えたこともあって、近世日本は一気に出版文化の時代になりました。書物が写本で伝えられていた時代から、印刷された版本が販売される時代になったわけです。

　「日本文学の種類Ⅳ」で見た、「仮名草子」・「浮世草子」・「読本」といった、近世日本の主な小説類も、そのようにして人々に読まれたわけです。その他にも、より読みやすい絵入本の「草双紙」（「黄表紙」・「合巻」もこの類です）、遊里を描く「洒落本」、恋愛を描く「人情本」、大衆的な笑いをテーマにした「滑稽本」など、さまざまな本が出版され、人々を楽しませました。これらのジャンルの作者としては、恋川春町・山東京伝・式亭三馬・十返舎一九・柳亭種彦・為永春水などが挙げられます。

俳諧・狂歌・川柳

　さて、近世に俳諧が盛んであったことは、「日本文学の種類Ⅰ」に見たとおりです。芭蕉以前の俳諧には、松永貞徳らの貞門俳諧や宗因らの談林俳諧があり、井原西鶴も談林俳諧の俳人でした。また、芭蕉以後は、其角や支考をはじめとした芭蕉の弟子たちが蕉風を継いだ他、蕪村などに代表される、18世紀後半の天明俳諧が著名です。蕪村は画家でもあり、「菜の花や月は東に日は西に」など、絵画的な句で知られます。また、近世の和歌や俳諧を考える上で、見逃せないのが、「狂歌」や「川柳」といった笑いの文芸です。狂歌は、「世の中は色と酒とが敵なりどふぞ敵にめぐりあいたい〔世の中は女色と酒が敵だというが、どうか敵にめぐりあいたいものだ。〕（四方赤良）のような短歌形式です。「四方赤良」は、太田南畝の筆名の一つです。南畝は、18世紀後半から19世紀にかけて、「蜀山人」「寝惚先生」などの名を使い分けて、狂歌・漢詩・随筆や洒落本・黄表紙などさまざまな作品を作りました。また、川柳は、俳句から季語や切れ字の制約を外したもので、18世紀の柄井川柳という人名から名がつけられました。『誹風柳多留』は、多くの人々の句を選び、編集した句集です。1765（明和2）年から1838（天保9）年までに167篇も刊行されました。「子ができて川の字なりに寝る夫婦」は、その初篇の句の一つです。

和歌と国学、漢詩と儒学

　また、もちろん、日本文学の主流であった和歌がすたれてしまったわけではありません。和歌を詠む人は多く、たとえば上田秋成『藤簍冊子』のような歌文集（和歌と和文を合わせたもの）も出ています。近世に注目すべきは、「国学」が興り、日本語研究と共に古典和歌研究が進んだことです。契沖・賀茂真淵・本居宣長らが、『万葉集』をはじめとする古典和歌を実証的に研究し、中国文化とは異なる日本独自の文化があったことを説きました。和歌はその中心として考察されたのです。

　一方、江戸幕府が公式の学問として中心に据えたのは、儒学でした。林羅山は、徳川家康から家綱までの江戸幕府の将軍四代に仕え、以後、その子孫である林家が、大学頭として幕府の学問の中心となりました。従って、武士たちは全国で儒学の典籍を学びました。同時に漢詩文も多く作られました。羅山の子の林鵞峰が、日本古来の漢詩を1人につき1首ずつ選んだ『本朝一人一首』が、1660（万治3）年に成立したように、儒学者と漢詩文は密接な関係にありました。17世紀後半から18世紀中頃にかけて、木下順庵門下の新井白石などや、荻生徂徠門下の服部南郭などが、儒学と漢詩文の双方で活躍します。頼山陽は漢詩人であると同時に、『日本外史』（1826年）の作者としても知られます。漢詩は武士を中心とした知識人のたしなみとなり、近代に至るまで、漢詩は和歌や俳句と同様に、多くの日本人に親しまれる文芸となりました。国学や儒学の隆盛の一方で、仏教は思想的にはあまり新たな発展が見られませんが、民衆の間では依然として非常に有力であり、仏教説話や寺院の縁起などは、多く作られ続けました。

　「浄瑠璃」・「歌舞伎」については、「日本文学の種類Ⅴ」で見たとおりですが、歌舞伎は、18世紀末から19世紀に四世鶴屋南北や河竹黙阿弥が活躍したことを補足しておきましょう。南北は「東海道四谷怪談」が、今でもとても有名です。黙阿弥は「都鳥廓白浪」などで知られ、明治時代前半まで劇作を続けました。

　以上、近世文学は、中世をはるかに上回るほど多様な人々が参加した、層の厚い世界です。中世には語り物などを通じて多くの人々が文学を享受しましたが、近世には、非常に多くの人々が書物として文学を読みました。書物が広く普及した結果、現在でも、日本には非常に多くの近世の書物が残されています。そうした中で、現実的・合理的な思考法が発達したことも近世の特色といえるでしょう。神仏の奇跡や来世への願いを重要な主題とすることが多かった中世文学に比べ、近世文学は、現世に合理的な目を向けていることが多いといえます。こうした近世的な精神の成熟が、19世紀後半の大きな変革に耐える基盤を用意したとも言えるでしょう。

= Discussion =

1．13〜19世紀、世界ではどのようなことがあったでしょうか。対比してみましょう。

2．中世・近世という時代区分は、国や地域によって違います。中国の中世・近世はいつ頃とされているでしょうか。また、ヨーロッパの中世・近世はどのような時代だったでしょうか。比べてみましょう。

3．前近代の文化や文学は、世界各国で、現代にどのように引き継がれているでしょうか。考えてみましょう。

（佐伯真一）

日本の歴史と文学Ⅲ（近・現代）

　日本では、明治維新（1868年）によって近世（江戸時代）が終わり、西洋の文化や政治制度を取り入れた近代国家の建設が始まります。それ以降を「近代」、また、私たちの生きている現在につながる時代を「現代」と呼んでいます。「近代」と「現代」の境界は必ずしも明らかではありませんが、1945（昭和20）年に日本の敗戦で終わった太平洋戦争（第二次世界大戦）を境界として、それ以後（戦後）の文学を現代文学と呼ぶことが一般的です。本章では、日本の近・現代の文学、とりわけ近代小説とその評論（文学理論）をとりあげて、その特色について考えます。

近代文学への過渡期

　明治維新以後、さまざまな制度が改革され、江戸は〈東京〉になり、時代は〈明治〉になりました。ここで近代文学が誕生するかと言うと、文学の系列は依然として江戸時代以来のいわゆる「戯作」を引き継いでいました。「南総里見八犬伝」などの江戸時代に書かれた戯作を人々は好んで読み、また新しく書かれるものも戯作の形式を引き継いだものでした。この時期活躍したのは仮名垣魯文です。仮名垣魯文は開化（近代化）しつつある街と、人々の様子を風刺した「安愚楽鍋」（1871〜1872（明治4〜5）年）や、十返舎一九の「東海道中膝栗毛」の弥次喜多の子孫が海外に旅に出る「西洋道中膝栗毛」など、戯作の中に新しい時代や海外の様子を描き多くの人に読まれました。

　このように明治になって、〈近代〉と呼ばれる時代になってからも、約20年間は〈近代小説〉と呼ばれるようなものは現れませんでした。この間に発表されたものとしては、戯作の他に海外の文物を知るために海外文学を翻訳した「翻訳小説」や、国会の開設を求める自由民権運動の活動家たちが書いた「政治小説」と呼ばれる作品がありますが、〈近代小説〉の登場は、しばらく待たなくてはいけませんでした。

近代小説の登場

　1880年代半ば、かつては儒学を中心とした教養全般を指す言葉であった「文学」が、「literature」の訳語として用いられるようになり、芸術表現の一ジャンルを指す言葉になっていきます。そのころ近代小説も誕生することになります。「novel」を「小説」と翻訳したのは坪内逍遙でした。日本で近代小説が生まれるきっかけを作ったのは、1885（明治18）年に坪内逍遙が書いた評論『小説神髄』でした。この評論では芸術としての文学を提唱し近代小説の方向性を示しています。

　では、近代小説とは何でしょうか。近代小説とは〈近代的自我〉を表現した小説である、ととらえられています。それではなぜそのようなとらえ方がされるのか、始まりから考える必要があるでしょう。

　江戸時代の「戯作」とは、「戯れ」に作ったものという意味です。坪内逍遙は近代小説を立ち上げるために評論『小説神髄』（1885〜1887（明治18〜19）年）を書きます。ここで逍遙は「戯作」から「小説」へと転換し、戯れの余技から西洋の小説のような芸術作品として認知されるものへ飛翔させようと試みました。逍遙はここで小説とはいかなるものかを論じています。

> 　小説は、見えがたきを見えしめ、曖昧なるものを明瞭にし、限りなき人間の情欲を限りある小冊子のうちに網羅し、これをもてあそべる読者をして自然に反省せしむるものなり。

このように、小説とは「人間の情欲」を描き、読者を「自然に反省」させるものでなければならないと述べています。つまり小説は人間の内面、心理を描くことが重要であると強調しています。

〈近代的自我〉とは人間には内面があり、それを意識すること、自らの心の中を意識することを指していると言えるでしょう。逍遙は、人間の内面を描くことこそが小説を近世の戯作から切り離し、芸術作品へと昇華させることになると考えました。

『小説神髄』が書かれたのは、明治時代になって約二十年がたち、制度や技術には近代化が進められていたころです。しかし文学に関して言えば、多くの人々の心を未だにとらえ得ていたのは、江戸時代から読み継がれてきた戯作文学でした。実は当の逍遙自身も滝沢馬琴の『里見八犬伝』を始め、近世戯作文学の愛好者だったことが知られています。

しかし、逍遙は近代小説を創出するためには、江戸時代の文学の伝統と、それが人々を魅了する吸引力から自立しなければならないと考えました。そして戯作の遊戯性や、型にはまった表現や勧善懲悪のような単純な人物造形を排することが必要だと感じたのです。そこで人間の千変万化する心理（人情）や現実社会（世態風俗）の様態を忠実に描き出すことこそが近代小説には必要なのだと考えました。ここから導き出されたのが写実的に現実社会や人間の心理を小説中に写し出す小説技法でした。

逍遙は現実社会とそこに生きる人間、そしてその人間の内面を正確にとらえて写し取ることで、戯作の型にはまった表現から脱し、近代芸術としての小説が完成し得るのではないかと考えたのでした。近代人の抱える内面、すなわち近代的自我を描くことが近代小説なのだというとらえ方はここに始まったと言えるでしょう。

逍遙が規定したこの小説の定義が、この後の日本の近代小説の進むべき方向を導いたと言えます。しかし別の見方では、さまざまな方向に広がり得る小説の可能性をある意味では狭めることになってしまったと言えるかもしれません。

言文一致体の模索

『小説神髄』で新しい文学が提唱されるのに併せて、新しい文学を表現するための言葉も模索されました。そこで提唱されたのが〈言文一致体〉でした。

当時は近代化をするという意味で「改良」という言葉が盛んに用いられていましたが、書き言葉と話し言葉が分裂していた伝統を改革して統一させる、言文一致運動も「改良」ブームの中で起こります。文学においてそのことにいち早く気づいていたのは坪内逍遙でした。しかし近代小説にはそれにふさわしい文体が必要だと考えながらもそれを実践で示すことはできませんでした。

言文一致を図らずも実現してしまったのは、三遊亭円朝の落語『怪談牡丹灯籠』を速記者・若林玵蔵が聞きながら口述筆記したものでした。これらは当時、新しい言葉で小説を書こうと試みる作家たち、例えば二葉亭四迷などに大きな影響を与えたと言われています。

この二葉亭四迷こそが、坪内逍遙が提唱した近代小説をいち早く実現したと言われています。四迷は『怪談牡丹灯籠』や外国文学から多くの示唆を受けて小説『浮雲』（1887〜1889（明治19〜22）年）を書きます。『浮雲』は揺れる主人公の内面を言文一致体をもって表現しました。ここに近代小説が誕生したといわれています。

日本の自然主義文学の発展

坪内逍遥が、内面を描くことこそ文学が芸術として確立するためには必要だと説いたことで、日本の自然主義文学はそれを追求していくことになります。自然主義文学とは物事をありのままに描写することを目指したグループです。本来ヨーロッパの自然主義では酷薄な現実社会の様相を露わにするところに目的がありましたが、日本の場合独自の展開を見せることになります。自然主義の作家たちは、内面を描くための方法として〈告白〉という方法をとります。

まず始めに1906（明治39）年、島崎藤村が『破戒』を書きます。『破戒』は、被差別部落出身の小学校教師がその出生に苦しみ、ついに〈告白〉するまでを描きます。島崎藤村が詩人から小説に転向した最初の作品です。『破戒』での〈告白〉は主人公が自らの出生を露わにし、心の内にあるものをさらけ出すというストーリー展開の重要な場面で描かれます。

しかし日本の自然主義文学における〈告白〉は思わぬ方向に進むことになりました。それは、1907（明治40）年に田山花袋が書いた『蒲団』が、小説自体が作者・田山花袋の〈告白〉になっているというものだったからです。『蒲団』は田山花袋に師事していた弟子の少女との関わりをもとに描いた小説で、日本における自然主義文学、また私小説の出発点に位置する作品として評価されています。小説の末尾で主人公が女弟子の使っていた蒲団の匂いをかぐ場面など、性を露悪的にまで描き出した内容が当時の文壇とジャーナリズムに大きな反響を巻き起こしました。つまり田山花袋は自分自身のことを小説の中で暴露したのです。自らの生活・日常と内面を正直に描くこと（＝告白すること）が、真実を描くこと、つまりリアリティがあることだととらえられ、これこそが芸術としての文学だと考える自然主義の作家たちの潮流が発生したのです。

これ以後自然主義の作家は自分自身の身に起こった出来事や自らの内面をありのままに書くことがリアリティがあると考えました。この流れの中で1910年代、大正時代になると「私」という一人称で作家自身が主人公であり、語り手であるという体裁をとった私小説と呼ばれるものが生まれて行きます。自然主義のグループは文壇の中で主流派となりました。この自然主義の主張するリアリティに反発・対抗して、自らの表現を追求していく動きの中から、他の文芸思潮やグループが生まれることになります。

反自然主義のグループ（鷗外・漱石）

ここで自然主義とは違う方向で近代小説を模索した人たちに、1885（明治18）年に結成された尾崎紅葉率いる硯友社の出身の作家たちや幸田露伴、そして樋口一葉などがいます。彼らの共通点は、江戸時代の井原西鶴の影響を受けており、擬古文調で小説を表現しようとしていて独特の趣があります。

ドイツに留学した後、『舞姫』（1889（明治23）年）を書いた森鷗外を始め浪漫派の文学者たちも自然主義文学とは一線を画して独自の文学世界を追求します。自然主義が現実を写実し、自分自身の醜い部分を〈告白〉することを重視するのに対して、浪漫主義とは人間が持つ〈理想〉を文学の中で追求しようとするもので、人間の感情や情緒を肯定的にとらえてそれを表現しようとする人たちだと言えるでしょう。

また大学の教師を辞め、東京朝日新聞社に小説記者として入社した夏目漱石は、自然主義文学とは一線を画する作家だと言えるでしょう。教師をしながら書いた『吾輩は猫である』がべ

ストセラーになるなど、人気作家になっていた夏目漱石は破格の待遇で朝日新聞に迎えられます。その後漱石の小説は『虞美人草』（1907（明治40）年）から、漱石の死によって中断する『明暗』（1916（大正5）年）に至るまですべて『朝日新聞』紙上に掲載されます。漱石は自然主義文学が現実を写し取ることが重要だと考えていたのに対して、小説という虚構の中に、リアリティを感じられる物語空間を創り出すことを模索していた作家だと言えるでしょう。

　こうしてさまざまな近代小説が一斉に花開き、後の時代へと継承されていくことになります。

白樺派、新現実主義の登場

　こうしてさまざまな文芸思潮をもつグループが誕生し、明治の終わりから同人誌を母胎として有力な新人作家が次々と現れて大正期の文壇は活況を示すようになりました。

　代表的なものの一つに白樺派と呼ばれる雑誌『白樺』に集った作家たちがいます。白樺派のメンバーのほとんどが特権・上流階級に育った学習院出身者であり、経済的に恵まれ、トルストイの人道主義やベルクソンの生の哲学、大正デモクラシーの気運に影響を受けた人たちでした。白樺派の作家たちはそれぞれに特徴があるので一括りにして述べるのが難しいですが、自然主義文学が真実の告白ばかりにこだわるのに対して、人間の持つ「善」や「美」を理想とした文学を追究したと言えます。

　有島武郎は白樺派の中心人物の一人として小説や評論で活躍します。『或る女』（1919（大正8）年）は日本の本格的なリアリズム小説として評価されています。また〈小説の神様〉として後輩作家たちから慕われる志賀直哉は後に私小説やみずからの心境を述べる心境小説の方へと流れていき、城崎温泉で感じたことを綴った『城崎にて』（1917（大正6）年）を書きます。

　この頃、芥川龍之介たち新現実主義と呼ばれたグループも、同人誌『新思潮』を創刊して登場します。『鼻』（1916（大正5）年）で夏目漱石から激賞を受けて芥川は華々しく登場しました。新現実主義は、陰鬱な自らの姿を強調して描く私小説とは異なり、一方、白樺派に対しては過度な理想主義に陥って現実を見ていないと批判して、独自の視点で現実をとらえ、新しい方法で表現しようとして活動を始めることになります。

「純文学」と「大衆文学」

　1910年代頃登場する概念に、「純文学」と「大衆文学」と呼ばれるものがあります。出版メディアが隆盛を迎える中でさまざまな出版物に小説が掲載されるようになります。そこでわき起こった議論が、芸術の真髄である文学とはどのようなものかというものでした。こうして芸術として書かれた小説（文学）を「純文学」として、それ以外と分離させようという概念が成立します。その対極として「大衆文学」という呼称も生まれました。

　このような「純文学」という概念が持ち出される背景には、読者を楽しませるための娯楽として書かれた大衆文学が読者の間で人気を得ていたことがあります。

　1900年代には日本の小学校入学者は90％を超え、ある程度の字や文章が読める、小説の読者になり得る知的大衆というものが確固として存在していました。しかし近代小説を確立して行く中で、教訓性や娯楽性を切り捨てて芸術性が追求され、大衆が読みたいものと、近代小説で書かれているものとの齟齬があったことが考えられます。そのような小説は人々が生活する現実に根ざさないものであったのかもしれません。

　だからこそ例えば1913（大正2）年に中里介山が『都新聞』に連載した『大菩薩峠』はニヒ

ルな主人公・机 竜之助を描き爆発的な人気を得ます。

　関東大震災（1923（大正12）年）の前後からは『キング』『週刊朝日』といった大衆雑誌が創刊されて人気を集めるなど、雑誌、新聞に連載する小説が求められるようになり、多くの大衆作家が登場します。大衆文学は当初はチャンバラ小説と呼ばれる時代小説が中心でしたが、読者のニーズを鋭く読んで行く中で、現代を舞台にした小説も多く書かれるようになります。また探偵小説、科学小説、ユーモア小説なども書かれます。

　このような中で、文芸誌に掲載される作品が純文学と呼ばれ、それ以外の大衆雑誌、婦人誌、少年誌、少女誌に書かれるものが大衆文学と呼ばれるようになります。また菊池寛が1935年に純文学の新人賞である芥川賞、大衆文学の新人賞である直木賞を創設したこともあり、明確な定義はないものの「純文学」「大衆文学」という概念だけが明確に存在するようになっていきました。

　しかし同じ1935年に横光利一が「純粋小説論」を書き、ここで横光は狭い純文学の流れに抗って、「純文学にして通俗小説」である「純粋小説」という概念を提唱します。それまでの純文学は偶然を描く物語的伝統を排除していましたが、横光はむしろそれを重視し、そこに近代小説の目指す芸術性を合わせることで「純粋小説」を創出しようと考えました。このように「純文学」「大衆文学」を巡る議論はその概念が誕生したときから、現在に至るまで絶えずされ続けています。

昭和文学の成立—三派鼎立

　1927（昭和2）年の芥川の死から、昭和文学が始まると、一般的に理解されています。昭和文学の始めのころの文学をめぐる状況は、「三派鼎立」と評されます。「鼎立」とは三者が互いに対立している状態を表す言葉ですが、このころ文壇では、社会主義や共産主義を背景とした「プロレタリア文学」のグループと、芥川龍之介の「新現実主義」などの流れを継承する「芸術派」の一群、そして自然主義小説の流れを組む「私小説」のグループの三者が割拠していました。

　「プロレタリア文学」は労働者階級を指すプロレタリアとしての階級的、政治的立場に立って、社会主義や共産主義思想に基づいて現実を描く文学やその運動を指します。労働運動の高揚に伴い登場するプロレタリア文学は、階級意識と社会変革という視点から書かれました。代表的なものとして、葉山嘉樹の『海に生くる人々』（1926（昭和元）年）や小林多喜二『蟹工船』（1929（昭和4）年）があげられます。一時期は文壇を席巻する一大潮流となりますが、しかし1935（昭和10）年頃から政府の弾圧があり、プロレタリア文学運動は事実上消滅させられてしまうことになりました。

　一方、芥川の後継者を自認する「芸術派」は「プロレタリア文学」「私小説」に対抗して、独自の文学を追究します。この流派に共通していることとして欧米の文芸作品、文芸思潮の影響を受けていることがあげられます。そして彼らは、関東大震災（1923（大正12）年）に遭遇し、既成のものが崩壊していく様を目の当たりにします。そこで新たに作られていくモダン都市のように新しい小説を表現することを模索します。

　先ほど名前を出した横光利一や川端康成ら新感覚派の作家たちは、知的に構成された感覚によって現実をとらえようとします。この新しい感覚によって現実をとらえて表現するところか

ら新感覚派と名付けられることになります。また新心理主義と呼ばれるグループはジョイスや
プルーストの方法に学んで、人間の深層心理の流れを表現することを目指しました。堀辰雄の
『風立ちぬ』（1936年）などが代表的なものになります。また伊藤整は小説実作もしますが評論
家として新心理主義を理論的に提唱しました。

　最後に自然主義文学の流れを組む「私小説」は、作者が直接に経験したことがらを素材にし
て書かれた小説をさす用語です。「私小説」は「ししょうせつ」とも読みますが、これは「わた
くししょうせつ」と読むべきだと主張する人が数多くいます。と言うのも、これらの小説の多
くが「私（わたくし）は〜」という書かれ方をするので「私小説」という呼び名がついたから
です。

　日本における自然主義文学は私小説として発展することになりました。また作家の日常生活
の中での心境を書いた作品は心境小説と呼ばれました。周囲と調和して生きる自己の心境を語
り作家が自分自身を徹底的に掘り下げて描くところに特徴があるとされます。

　こうした三つのグループが割拠した三派鼎立の文壇の状況は、プロレタリア文学運動が政府
からの弾圧で崩壊したため崩れていくことになります。

文芸評論の確立

　文壇の中で三つのグループが競って創作をしていた三派鼎立の頃、文芸批評もまた文学的営
為の一つとして確立することになります。この頃登場した小林秀雄は近代の評論を語る上で忘
れてはならない存在でしょう。従来の批評が印象批評の域を出なかったのに対して、小林の批
評は小説などの作品の文章とその文体を通じて、想像力として発揮される作家の自意識を論じ
るもので、日本における本格的な近代批評は小林によって創始されたと評価されています。

　小林秀雄が世に出たのは1929（昭和4）年に雑誌『改造』が募集した懸賞論文に小林の書い
た「様々なる意匠」が2位に入選したことがきっかけでした。当時の文壇の三派鼎立の状況を
見て、フランスの象徴詩から多くのことを学んだ小林秀雄は言語活動の根本を記号ととらえ論
じていきます。それを踏まえ当時の文壇にあるさまざまな主義主張による派閥はどれも言語を
感傷的に、もしくは道具としてしか用いておらず、結局は観念的であったり、空疎なものに留
まってしまっていると批判しました。小林はその後も文芸時評を連載するなどして、文芸批評
を確立し、小説の実作者にも多くの示唆を与えました。

戦時下の文学

　1931（昭和6）年に始まった満州事変以来、軍部が台頭しまた政府からの言論や文学に対す
る監視・弾圧があり、自由な表現ができない状況がありました。このような状況の中で、戦時
下の文学は国策に順応するものとなっていきました。

　1937（昭和12）年から始まる「国民精神総動員運動」は国民を戦時体制に組み込むことを企
図したものですが、文学もまたこの流れの中に飲み込まれていきます。1942（昭和17）年には
「大日本文学報国会」が結成され、作家たちも国策に飲み込まれていきます。このような中で
は、大正末期から昭和初期にかけてさまざまな表現の工夫が模索されていきましたが、いわば
表現の日本回帰のような現象が起こります。各自が生み出した表現が放棄されて、その結果素
朴な叙情やオーソドックスな表現がとられるようになってしまいます。また従軍作家として遠
征する軍隊に同行する作家も現れます。作家が兵隊たちの勇敢さに対して抱く賛美の年と憧れ

を抱くことで銃後にいる国民に戦争への協力を間接的に呼びかけるものが書かれました。

　もちろん国策に対して批判的な文学もわずかであるが書かれていました。しかし国策に反対する現代人を正面から書くことはできないため、それらは粉飾を施すか、あるいは現代日本を離れたものを書くしかありませんでした。

戦後派の登場

　太平洋戦争（第二次世界大戦）の後に、「戦後派」と呼ばれる人たちが登場します。戦後派の作家たちも新しい小説を目指してさまざまな試みを実践します。例えばフランスの思想家であり作家であるJ・P・サルトルの提唱に影響を受け、人間をその取り巻く現実とともに総合的、全体的に表現しようとして、社会的、生理的、心理的なものを統一して描く「全体小説」というものが試みられました。

　戦後派と呼ばれる作家たちは数多くいて、書かれる作品もさまざまですが、それら全体を緩やかに束ねるような理論的支柱になり、また小説の実作に先駆けて新しい文学の方向性を示したのは1946（昭和21）年に創刊された『近代文学』の同人の評論でした。雑誌の『近代文学』という名は、戦争の反省から、再び新しく〈近代〉を立ち上げ直さなければならないという強い意志が表されていました。ここでは「戦後文学」の目指すべき方向として文学の自律性を問う政治と文学の問題、戦争責任や個人の主体性の問題などを提起して戦後文学の目指すべき方向を示しました。彼らの主張は文壇内に留まらず、広く論壇・言論界に影響を与えまた数多くの論争を生みました。

　戦後派の文学は、「戦争責任の追及」「知識人の主体性」を掲げて野間宏、埴谷雄高、椎名麟三らの第一次戦後派がデビューしたのに続いて、三島由紀夫は『金閣寺』（1956（昭和31）年）で、戦争期に青春を生きた若者の戦後の無為を描いています。大江健三郎が『遅れてきた青年』（1962（昭和37）年）などもまた世代的な空白感がテーマとなっており、初期の大江の作品で追求されます。

　戦後文学は「戦争」をいかに総括するかという問題を離れることができません。だから大岡昇平は、兵士としての体験を繰り返し描いていきます。また原爆文学で知られる原民喜の『夏の花』（1947（昭和22）年）などもその一例としてあげられるかもしれません。

　「第三の新人」と呼ばれる小島信夫、安岡章太郎、吉行淳之介、遠藤周作ら「第三の新人」は1950年代にデビューしますが、彼らの作風は、むしろ戦後派へのアンチテーゼとして、卑近な日常の「自己」を凝視していく点にその特徴がありました。

無頼派（新戯作派）の文学

　戦後派とは別に、戦後になって文学活動を再開させた作家たちに、無頼派・新戯作派と呼ばれる人たちがいます。第二次世界大戦終結直後の混乱期に、反権威・反道徳的言動で時代を象徴することになりました。特定の同人誌や結社があったのではなく、戦時中に自由に表現することができなかった抑圧状態から解放された文芸ジャーナリズムの周辺にいた人たちが自然に命名したものであったようです。もっとも、その名の由来は太宰の「私はリベルタンです。無頼派です。束縛に反抗します。時を得顔のものを嘲笑します」という『パンドラの匣』（1946（昭和21）年）に由来すると言われます。戦前戦中において道徳とされたものや既成の秩序が、戦争が終わってことごとく崩れ去りました。無頼派の作家たちはこの現実に向き合い、生活と

表現の両面において反俗を貫いていこうという姿勢が共通していました。太宰治の他には、石川淳『焼跡のイエス』（1946（昭和21）年）や坂口安吾『堕落論』（1947（昭和22）年）はこうした既成の秩序が崩壊した〈焼け跡〉の中を生き抜くことを表明したものだと言えるでしょう。

現代へ

　敗戦の焼け跡から戦後経済成長をする中で、新聞や雑誌などの活字メディアも盛んになっていきます。数多くの作家たちが、雑誌や新聞などに登場し、さまざまな小説を書くことになりました。それは現在さまざまな作家たちが活躍している状況へとつながっていくことになります。

= Discussion =

1．小説にリアリティ（現実味）があるとは、どういうことだと思いますか。話し合ってみましょう。

2．芸術としての小説と娯楽としての小説のは何が違うのでしょうか。線引きができるのでしょうか。話し合ってみましょう。

3．日本の近現代の文学のなかで、あなたが好きな作家は誰ですか。また、好きな作品は何ですか。その特徴について話してみましょう。

（帆刈基生）

コラム 漢文訓読体の文学

　漢文訓読は、古典中国語の文語文を日本語で読解するための方法でしたが、やがて独特の言い回しやリズムをもった訓読文のスタイルが、一種の文体として日本語の文章表記に利用されるようになりました。これを漢文訓読体といいます。この文体の特徴を、コラム「漢文訓読」でも引いた白居易（Bai Juyi）「長恨歌」第一句の訓読文「漢皇 色を重んじて傾国を思ふ」を通して簡単に説明しましょう。この文の主語は皇帝ですが、動詞は「思ふ」であり、特に敬語は用いられていません。また、この文は「漢の皇帝は女色を重んじて傾国の美女のことを思っていた」という意味ですが、過去を示す助動詞は用いられていません。このように訓読文は、和文と違って敬語表現が少なく、時制を厳密には示さないという特徴を持っており、そのため全体として短く引き締まった印象を与えます。語彙の面でも「ごとし」、「しかり」、「しむ」等、和文には見られない、訓読特有の言い回しが用いられます。

　このように漢文訓読の文は、仮名で綴られた和文と、もともとは明確に区別されていました。ところが平安時代の末期になると、漢字と仮名で綴られた、訓読文と和文の両要素を合わせもつ文体が見られるようになります。これを和漢混淆文といいます。この文体で綴られた代表的な書物としては、『今昔物語集』や『方丈記』、『徒然草』等が挙げられます。

　興味深いのは、時代が一気に下って明治時代の初めになると、ほとんど純粋な漢文訓読体で綴られた書物が急増することです。この文体がまず採用されたのは、西洋の学術書・啓蒙書の翻訳でした。1871（明治4）年に刊行された中村正直訳『西国立志編』（スマイルズ『自助論』の翻訳）はその代表です。そもそも訓読は、古典中国語という外国語を翻訳する手段として考案されたものですので、欧米の書物を翻訳する際に漢文訓読体が選ばれたのも決して偶然ではないでしょう。学術書・啓蒙書に限らず、1878（明治11）年から1879（明治12）年にかけて刊行された、丹羽純一郎訳『欧洲奇事花柳春話』（リットン『アーネスト・マルトラヴァーズ』とその続編『アリス』を合わせて抄訳したもの）のように、漢文訓読体で翻訳された恋愛小説もあります。

　やがては、1885（明治18）年に刊行された東海散士『佳人之奇遇』のように、日本人の手によって漢文訓読体の小説も書かれるようになります。『佳人之奇遇』から、アメリカに遊学した主人公が紅蓮・幽蘭という二人の美女と偶然逢う場面を読んでみましょう。

　　　時に微風 遥ニ琴声ヲ送ル　怪テ耳ヲ欹テ之ヲ聞ク　其声漸ク近シ　一小艇アリ上流ヨリ下リ来ル　一妃棹ヲ操リ一妃風琴ヲ弾ズ　綽約タル風姿之ヲ望メバ宛モ神仙ノ如シ

　　　（その時、そよ風に乗って遠くから琴の音が聞こえてきた。不思議に思い、耳をすませて聞くと、その音はしだいに近づいてくる。小舟が上流から下ってきて、一人の女性が舟を漕ぎ、一人の女性が琴を弾いている。たおやかなその姿はまるで神仙のようであった。）

この小説は、日本に亡命中の梁啓超（Liang Qichao）によって中国語に翻訳され、1898（明治31）年創刊の雑誌『清議報』に『佳人奇遇』の題で連載されました。当時、梁啓超は日本に来たばかりで日本語はほとんどできませんでしたが、それでも翻訳できたのは『佳人之奇遇』が中国の文語体をベースにした漢文訓読体で書かれていたからなのです。

（遠藤星希）

コラム　翻訳語・翻訳文学

　古今東西を問わず、異文化と接触するときには必ず何らかの翻訳行為、つまり他者の言語や文化を理解し解釈するために自国の言語と文化に移しかえる作業が行われてきました。翻訳は、人々が新しい知識や価値の体系に出会う窓口となるばかりではなく、自国の伝統的な文学の形式や表現に創造的な変化を生み出す契機ともなりました。ここでは明治期に日本人が欧米の文学と出会い、翻訳を通じて「西洋」の「文明」を吸収しながら新しい文体や語彙、ひいては文学を模索した過程を見ていきましょう。

　江戸時代以前にも西洋文学の翻訳は存在しましたが、日本で本格的に西洋文学の翻訳が始まるのは明治維新後のことです。1878（明治11）年にイギリスのリットン卿の小説の抄訳『欧州奇事 花柳 春話』が発表されると、最初の翻訳小説ブームが起こりました。開国間もない日本人の未知なる世界への好奇心や近代科学への憧れは、デフォーの『ロビンソン・クルーソー』やヴェルヌの冒険小説を歓迎しました。新しい西洋文学の翻訳にあたっては、それをどのような日本語にするかが問題となりました。『花柳春話』は旧文体風の漢文崩し調で訳され、坪内逍遙の初期のシェイクスピア劇の翻訳では日本人になじみのある浄瑠璃台本のような解説を挿入した院本体が採用されていました。一方、1882（明治15）年に刊行された『新体詩抄』では、日本の伝統とは異質な西洋詩のイメージや韻律を七五調の口語文体で再現しようとする翻訳詩が収録され、新しい詩の文体が模索されています。

　明治20年代になると、坪内逍遥らが西洋文学をモデルに新時代にふさわしい文学と文体を切り拓く必要性を説き、翻訳文学は高い地位を与えられるようになります。この時期に翻訳の担い手となったのは明治新教育課程で学んだ最初の世代で、ヴェルヌやユゴーの作品を手がけ「翻訳王」と呼ばれた森田思軒や、小説家として有名な森鷗外、二葉亭四迷らが含まれていました。森田思軒は、日本人の嗜好に合わせて西欧文学を意訳・翻案する従来のやり方を批判し、1885（明治18）年に翻訳された『繋思談』（リットン作）に見られるような、原文に忠実な逐語訳の「周密文体」を提唱します。書き言葉を話し言葉に近づける言文一致は当時の大きな課題でしたが、周密文体と言文一致を融合した1888（明治21）年の二葉亭四迷訳「あひゞき」（ツルゲーネフ作）は、近代翻訳文学史に残る画期的な作品となりました。児童文学の分野では、明治10年代末頃から雑誌に英米の英語教科書を底本としたグリム、アンデルセンなどの童話や海外児童文学の翻訳が掲載されるようになり、国民教化に大きな役割を果たしました。若松賤子は原文に忠実な語り調でバーネット夫人の『小公子』（1890（明治23）年～1892（明治25）年）などのすぐれた翻訳を残しています。

　明治期の翻訳者たちは、当時の日本に存在しない異国の用語、思想、概念などをどのような訳語に置き換えるかという難問にも直面しました。例えば今日私たちがよく知っている「社会」「自由」「自然」「恋愛」といった語は、当時の知識人が外国語を漢語的表現に置き換えて日本に広めたものです。外国文学の翻訳は新しい文学ジャンルの導入にも重要な役割を果たしました。自叙伝、冒険小説、推理小説、探偵小説なども西洋文学の翻訳を通じて近代日本に広められたのでした。

（西本あづさ）

日本人の一生

　宗教学者や文化人類学者の研究によれば、世界の支族（sub ethnic group）の社会では、成年式を始め、儀礼が人生の節目に重要な役割を果たしています。前近代の日本でもそうでした。近代日本では、儀礼は形だけのものになり、人生の節目もわかりにくくなってきています。しかし、前近代の、儀礼によって区切られた日本人の一生を知ることで、日本文学の理解を深めることができます。また、現代は見えにくくなっている、日本人の人生についての考え方の基礎にあるものを知る手かがりともなります。

　この章では、前近代の日本における日本人の一生を、公家（貴族と官人）と武家を中心に見てゆきます。公家と武家の儀式作法については豊富な資料が残り、これを「有職故実」と呼んで、平安時代から研究が行われてきました。この資料などによれば、前近代の日本人の人生は、①誕生、②不安定な幼年期、③成人するまでの少年・少女期、④青壮年期、⑤老年期、⑥死、と分けられます。

【①誕生】　産婦人科の知識と技術が未発達の前近代の日本では、母子にとって出産は命がけであり、多くの呪術的な儀式が行われました。悪霊を払うために、玄米や白米を撒く「散米」や弓の弦を鳴らす「鳴弦」はその代表です。難産の時には、甑（蒸し器 utensil for steaming）を産室の棟から落として割るという類感呪術（homoeopathic magic）も行われました。新生児の湯浴みの時には、学者が『論語』などのおめでたい一節を読みました。

　母親は、実家近くの産屋、後には実家またはこれに当たる邸宅で出産し、しばらく実家で子育てをします。『古事記』には、子どもの名は母が必ず名づけるものであった、とあります。なお、女性の実名はあまり記録に残っていません。「清少納言」・「藤式部」（紫式部の女房名）も通称です。それは、名がその人の存在そのものであり、特に女性の実名は結婚まで明かしてはならないと考えられたからです。

【②不安定な幼年期】　今日、民間に「7歳までは神の子」という諺があります。民俗学では、この諺を、心身の不安定な七歳までは産神（生まれたところにいる神）の支配下にあって、人間社会の仲間入りをしていない、という考え方を示すものと解釈しています。この諺がいつまで遡れるかは不明ですが、平安時代の貴族の間では、7歳以下で亡くなった子どもは、葬式をせず、布に包んで河原などの放置することが行われていました。第二次世界大戦以前には、多くの子どもが幼年期に亡くなりました。

【③成人するまでの少年・少女期】　平安時代以後、3、4歳から6、7歳の間に、男女ともに、初めて袴（上着の上に付ける、腰から足までを覆う衣類）をはく「着袴」の儀式が行われました。この儀式では、子ども用の小さな鏡懸けや硯筥などの調度品も整えられました。この年頃には、物事がある程度わかるようになり、男女の違いも現われます。袴をはくことは、不安定な幼年期を脱して、大人の社会への第一歩を踏み出したことを表しています。奈良時代には、6歳以上の男女に一律に農地が与えられました。江戸時代に始まる「七五三」（7、5、3歳を祝い、神社に詣でる行事）も、このような考え方に由来します。なお、前近代では、生まれた時からの「満年齢」ではなく、生まれた年を1歳として、新年を迎えるごとに1歳加算する「数

え年」で年齢を数えたことに、注意してください。

【④青壮年期】　前近代の日本では、男女ともに成年式によって髪型・服装などを劇的に変えました。男子は、5、6歳から20歳ぐらいまでに「元服」(「元」は首、「服」は冠の意)の儀式を受けました。初めて髪を結い、冠をかぶり、大人の服装を身に付けます。髪を結う役の「理髪」と、髪を冠に入れる役の「加冠」(武家では「烏帽子親」)は、徳が高く人望のある人が選ばれました。また、名を幼名から改めます。紀貫之の幼名は「阿古久曾」(″坊やちゃん″のような意)で、元服して『論語』に由来する「貫之」という名を得ました。

　女子は、12歳から14歳ぐらいに「着裳(裳着)」の儀式を受けました。初めて、髪を結い、女性の正式な服装の一つの、腰の後ろに着用するスカート状の衣服を身に付けました。女性は成人すると、歯を黒く染める「歯黒め」、眉毛を抜いて眉墨で眉を描く「引き眉」をしました。『堤中納言物語』には成人後も「歯黒め」「引き眉」を嫌い、虫を好んだ一風変わった姫君が登場します。後に男性も「歯黒め」をするようになりました。

　結婚年齢は法令では男子15歳以上、女子13歳以上と定められていましたが、奈良時代にはこれより上の年齢で、平安時代にはこれよりも下の年齢で結婚しました。また、法令は儒教に基づき、婚前交渉は禁止されていましたが、実際には男性が女性のもとに通い、関係を結んだ後で、婚礼が行われました。結婚後、夫はしばらく妻方で暮らし、妻の両親の経済的支援を受け、独立できるようになると、夫妻で新たな邸宅に移りました。

　前近代では、公家・武家や、有力な庶民は、一夫多妻が普通でした。平安時代後期に書かれた『新猿楽記』は、その典型を描いています。男は3人の妻を持ち、本妻は年上で、その実家の権力と財力が男の役所務めを支え、「次の妻」は同年で家政を任され、3番目の妻は年若で美しくて生活感がなく、男は夢中になっています。権力者・藤原兼家の「次の妻」であった藤原道綱母の『蜻蛉日記』は一夫多妻の苦しみを赤裸々に表現しています。

【⑤老年期】　平均寿命が40〜45歳であったため、40歳になると長寿を祝い、衣服の裏を白にしました。以後、10年ごとに長寿を祝う「算賀」が行われました。老人には頭部が鳩形の「鳩の杖」が贈られました。藤原俊成(享年91)、藤原定家(享年80)、山上憶良(享年74)、西行(享年73)のように長命の人もいました。平安時代以後、老年期の人々は信仰の世界に心を寄せ、仏堂を建立したり、出家したりして、浄土への往生を願いました。

【⑥死】　人が亡くなると、蘇生する可能性があるため、数日間はそのままにされました。死が確実になると、遺骸を水で清め、棺に納めました。その後、朝夕膳を供え、読経する「殯」が行われました。奈良時代までは死者を慰めるために、歌舞も奉られました。夜に出棺し、山または野で火葬に付されて、骨は壺に収めて安置しました。平安時代の墓所としては、京都東山の鳥辺野が有名です。長い時を経て、死者はいつか「先祖」となってゆきます。

= Discussion=

1．あなたの国には、人生の節目にどのような儀礼がありますか。

2．宗教学者や文化人類学者は、儀礼には社会的アイデンティティを確立する役割があると考えていますが、あなたはどう思いますか。

3．前近代の日本の一夫多妻制は、文学にどのような影響を与えたでしょうか。　　(小松靖彦)

日本人の宗教

神道と仏教

　日本人の宗教は「神道」であると思っている人が多いでしょう。しかし、「神道」は、キリスト教や仏教のような明確な教義を持った宗教ではありません。日本人は、古来、さまざまな「神」を敬ったり、恐れたり、親しんだり、お願い事をしたりしながら、暮らしてきました。日本には「八百万の神」がいるとよく言われます。ほんとうに八百万という数を集計したわけではなく、非常に多数の神がいるという意味ですが、多くの神は、人間が一人一人違っているように、それぞれ違った由来や個性を持っているわけです。日本人は、多くの神のいる国であることを古くから自国の特徴と考えていました。「神」の中には天照大神のような太陽神とされる神もあれば、山や滝や島、あるいは巨岩など、自然の景物を崇めた場合もあります。菅原道真をまつった天神社のように、歴史上の人物を神としている場合もあります。「神道」は、そのような多種多様な「神」への信仰を総称したもので、統一的な教えがあるわけではありません。そういうわけで、日本文学の中に「神道」の影響を見出そうとしても、それを思想としてはっきりとらえることはほとんどできません。ただ、一人の人物や一つの集団が、同時にさまざまな神や仏を信仰していることは、日本の文学を読む前提だというべきでしょう。

　日本人の宗教として、もう一つ重要なのは仏教です。仏教はインドで生まれ、1世紀頃に中国に、4世紀には朝鮮半島にも伝わり、6世紀には日本にも伝わってきました。8世紀には、仏教によって国家を守るという方針が確立し、日本は仏教国家になりました。そして、江戸時代の終わり（1868年）まで、仏教はほぼ日本の国教であったといってもいいでしょう。文学に最も影響を与えているのも仏教で、平安時代から近代に至るまで、非常に多くの文学作品が仏教の影響を受けています。現在でも、仏教は神道と共に日本の最も重要な宗教です。日本仏教は、江戸時代には、天台宗・真言宗・浄土宗・日蓮宗などといった宗派別に社会に組み込まれ、現在でも各宗派の団体として活動しています。しかし、中世までは宗派の垣根はそれほど高いものではありませんでした。

　神道と仏教について、それぞれ別に説明しましたが、歴史的に、最も多くの日本人が長い間信じてきたのは、神仏習合の教えです。もともと教義や理論のようなものがほとんどなかった日本の「神」への信仰を、仏教によって理論化した考え方で、神の多くはもともと仏だったが、神という仮の姿でこの世に現れているのだという本地垂迹説が、その典型的なものです。神の本体が仏だとまでは言わなくとも、神は仏教に導かれるので、神を喜ばせるために神前で仏教の経典を読むなどというようなことはよく行われていました。中には伊勢神宮のように仏教を拒否した神社もありますが、多くの日本人にとっては、神道と仏教は一体だったわけです。たとえば、「八幡宮」は、日本中のあちこちにあり、最も数多い神社の一つですが、その祭神は「八幡大菩薩」という仏教の称号で呼ばれています。特に中世には「本地物」と呼ばれる作品が多く作られていますが、それはこうした考え方に基づいて、神仏の由来を説明したものです。

　しかし、日本が近代国家として出発した1868（明治元）年に、新政府は神仏分離令という命令を出して、神社と仏教寺院を分離しました。同時に廃仏毀釈という運動が全国に猛威を振る

い、多くの仏教寺院を破壊しました。そのため、現在では「神社」と「お寺」（仏寺）は別のものだと考えている日本人がほとんどですが、この考え方は歴史的には新しいものです。その時から、神道と仏教は別の宗教であるとされ、仏教が国家から切り離される一方、神道は国家との関係の強い一つの宗教として生まれ変わったわけです。もっとも、神道が国家と密着していたのは、明治維新から第二次世界大戦に敗れる1945年まで、100年足らずの短い期間で、敗戦後は、宗教と国家が関わりを持たない政教分離の体制になっています。

その他の教え

　その他、儒教を「宗教」と呼ぶかどうかは意見が分かれるところでしょうが、儒教も漢字と共に日本に伝わり、学問として受容されてきました。16世紀頃までは、一般にはさほど大きな影響力を持っていませんでしたが、江戸時代には武士の学問として重視され、社会全体に大きな影響力を持つようになりました。中世は仏教、近世は儒教が大きな力を持ったという点では、高麗（Goryeo）時代が仏教国家、朝鮮時代が儒教国家であった韓国と似ています。もっとも、日本では、儒教は中国や韓国ほどには絶対的な力を持ってはいませんが、日本人の道徳に、儒教は現在まで大きな影響を与えています。特に武士道徳には儒教の影響が顕著です。

　さらに、キリスト教も16世紀に伝わり、16世紀後半から17世紀初め頃には多くの信者を獲得しました（この時代に日本に伝わったのは、イエズス会などのローマ・カトリックです）。しかし、江戸幕府の禁教政策により弾圧され、江戸時代にはほとんど姿を消しました。明治政府も最初は禁教政策を継続しましたが、1873年には政策を転換したことにより、プロテスタント諸派や英国国教会（聖公会）、ローマ・カトリック、ロシア正教なども含めて、キリスト教が受容されるようになりました。キリスト教は近代の知識人に大きな影響を与え、文学にもその反映が多く見られます。

　現在の日本人には、正月には神社やお寺に初詣に行き、結婚式はキリスト教会で挙式し、七五三などの子供のお祝いは神社で行い、葬式は僧侶を呼んで仏教式で行うなどという人がたくさんいます。初詣は、新年の初めに神社やお寺に参拝することですが、参拝先としては、神社か、現世で願いを叶えてくれるとされる密教系のお寺などが多く選ばれます。他にも願い事や葬式、あるいは観光その他で、ほとんどの日本人は神社とお寺のどちらにもお参りした経験を持っているでしょう。しかし、ふだんから毎週のように特定の神社やお寺に参拝しているという人は、あまり多くはありません。多くの日本人は、願い事がある場合には、それをかなえてくれそうな神様や仏様にお願いし（たとえば入学試験関係の祈願には、学問の神様とされる天神社が多く選ばれます）、来世（死後の世界）のことは仏様にお願いしているわけです。そうした使い分けは、最近の傾向というよりも、昔から、日本在来の宗教と外来の宗教を混ぜ合わせながら、必要に応じて使い分けてきた日本人の古来の信仰の姿を引き継いだものといえるでしょう。

＝ Discussion ＝

１．日本の神社やお寺に行ったことがありますか。行った人はどんな印象を受けましたか。

２．日本人の宗教に対する態度をどう思いますか。感想を話し合ってみましょう。

（佐伯真一）

68

日本の民家と暮し

　民家とは一般の人々が住む家、すなわち住宅のことですが、その地方の自然環境や人々の生業（生活していくための仕事）によって、それぞれに特徴を持っています。また、日本の民家は、寒い冬と湿気の多い夏を快適に過ごすために、様々な工夫を重ね変化してきました。科学技術の進歩による人々の暮しの変化も民家に影響を与えています。ここでは、戦後（1945年以降）の変化を踏まえ、現代の民家を中心に紹介します。

　現代の民家には、主に一戸建て住宅と集合（共同）住宅があります。一戸建ては、家のつくりが、一棟で一戸になっているもので、「一軒家」とも呼ばれます。二階建てなら「二階家」、一階建ての家は「平屋」と言います。最近では、都市部において、狭い土地の有効利用として三階建ての一軒家も増えています。一戸建ての住宅には、外観が伝統的な日本家屋の特徴を色濃く残すものもあれば、西洋風のつくりの住宅もあります。また、鉄筋コンクリート造の近代的な住宅もあり、多様です。

　日本の伝統的な家屋は木造ですが、その特徴は、屋根の形にあって、中央が高く勾配があります。屋根は瓦葺きが多く、勾配屋根と軒や庇は、雨や日射から家を守る役割を果たしています。また窓の開口部を大きくして、通風や採光を良くする工夫もしています。この瓦葺きの木造一戸建てというのが、現代でも和風住宅のひとつのスタイルです。しかし、現代では建材に木材以外も多用され、瓦葺きの屋根ではなく、庇のない和洋折衷型や洋風の住宅が一般的と言えます。また、一軒家は敷地の周りを木製の板、石、ブロック、レンガなどで造った塀や樹木を並べて植えた生垣、あるいは金属製のフェンス（柵）で囲み、外から見えないようにしている家が多く見られます。敷地内には庭があり、和風、洋風と住宅の外観に合わせて造られていることもあります。しかし、都会において、庭付きの一戸建て住宅は「高嶺の花」で、庶民には手が届かないものになっています。

　一方、近年は、アパートやマンションなどの集合住宅が増えています。アパートとマンションの区別は明確ではありませんが、アパートは木造や軽量鉄骨造の比較的小規模の賃貸住宅、マンションは鉄筋コンクリート造や鉄筋鉄骨造の堅牢な建物を指すことが多く、賃貸マンションと分譲マンションの両方があります。

　住宅内部の部屋は畳敷きの和室と畳のない床の洋室があります。最近では、和室が全くない住宅も多くなっています。部屋の広さは畳の数で表します。畳が6枚なら6畳（帖）、8枚なら8畳などと呼びます。1畳は、およそ1.8m×0.9mで1.62㎡、洋室も畳に換算して表すことがあります。

　住宅の部屋の配置を間取りといいます。例えば、和室1間、洋室2間、LDK1間と浴室（バス）、洗面所、トイレ（WC）がある住宅は3LDKの間取りといいます。LDKは、living room・dining room・kitchenの略で、居間（リビングルーム）兼食堂（ダイニングルーム）兼台所（キッチン）の1部屋です。LDKは、部屋の分け方によって、L・D・K、L・DK、LD・Kなどがあり、DKはダイニングキッチン、LDはリビングダイニング（ルーム）とも言います。その他、部屋の数と種類によって、住宅の広さを1LDK、2DK、1Kなどと表します。WCはwater closet

の略ですが、トイレやお手洗いと呼ぶことが多いです。バスは浴室です。浴室には浴槽（湯舟／バスタブ）と体などを洗う洗い場があります。日本人は風呂好きと言われていて、子どもを中心にして家族が一緒に入浴することも珍しくありません。

　洋室には衣類などを入れる収納場所のクローゼット（closet）があることが多いです。一方、衣類や食器などをしまう簞笥があります。簞笥は木製の引き出し付きの箱型収納家具です。その歴史の始まりは江戸時代初めの17世紀で、一般庶民に普及したのは、江戸時代末の19世紀と言われています。現在では、衣類をしまう家具のことを簞笥と呼ぶことが多いですが、食器をしまう戸棚や引き出しのある食器棚のことを、茶簞笥と言います。現在は少なくなったと言われていますが、花嫁の実家が簞笥を婚礼家具として娘に持たせて嫁に出すのが、一般的でした。しかし、住環境の変化で、住宅内に収納場所が造りつけられるようになったことから、簞笥がない家庭も珍しくなくなりました。

　また、和室には布団などを収納する場所の「押し入れ」があります。押し入れには日本の伝統的な襖（部屋などを仕切るために木の枠と紙や布で作られた建具）の戸がついています。また和室の窓には、カーテンではなく伝統的な障子（木の枠と桟に白い和紙を張った建具）が使われます。しかし、マンションなどでは和室がないことも多く、収納場所としての押し入れも姿を消しつつあります。

　伝統的な立派な和室のある家は少なくなっていますが、現在でも床の間のある和室はそれほど珍しいわけではありません。床の間は和室の床を一段高くしたところで、正面の壁に書や絵の「掛け軸」を飾り、置物や生け花など飾ります。和室の外側には、庭に面して設けた細長い板敷の場所、縁側のある住宅もあります。しかし、縁側に座って庭を眺め、近所の来客と談笑したりする暮しは、都会ではすでに少なくなっています。

　暮しの変化とともに住宅（民家）も変化してきました。例えば、食事です。戦前から戦後の1960年代くらいまでは、家族が和室の茶の間で卓袱台と呼ばれる丸い食卓を囲み、手作りの日本料理を食する風景が一般的なものでした。そして、卓袱台のある茶の間は、食事が終わって寝る時には、卓袱台を片付けて、押し入れから布団を出して敷き、寝室として使用されました。しかし、生活様式の欧米化が進むにしたがって、食事の部屋は洋間のダイニングルームやキッチンに変わり、椅子に座ってするような暮しになりました。食事も和食中心から、西洋料理、中華料理、韓国料理などの外国料理が家庭の食生活にも深く浸透しています。また、外食産業の隆盛に伴う、外食や出前（デリバリー）の増加だけでなく、家庭の食事において、店で購入した料理を食べる中食が一般的になったことも変化のひとつです。

　かつては和室の茶の間が一家団欒の場所でしたが、現在ではLD（リビングダイニングルーム）がその役割を担う部屋になっています。しかし、現在の住宅では各自が個室を持っていることも多く、食事が終わるとそれぞれが自分の部屋で過ごし、夜は個室のベッドで寝るという暮らしへの変化も見られます。

= Discussion =

１．人々の暮しと住宅にどのような関係があるのか、話し合ってみましょう。
２．「古民家」と呼ばれる伝統的な日本家屋の再利用が進んでいます。調べてみましょう。

（山下喜代）

70

日本の伝統的建物

古代の建物

　人は古くは洞穴のようなところに居住していました。建物はそのような住居を人工的に作ることから始まりました。日本においてそのような建物の早い例は「竪穴式住居」と考えられています。これは平らな地面を円形に掘って、それを囲むように円錐形の屋根をかぶせたものです。縄文時代・弥生時代の建物はこのようなものでしたが、穀物を貯蔵する、集会の場所など特別な目的のため、「高床式建物」もあったようです。丸柱を掘っ立て柱として、つまり直接に地面に突き刺すようにして立て、高いところに床をはり、上に屋根をかぶせたものです。東南アジアの建物の影響があるのではないかと言われています。

　5、6世紀に入って、朝鮮・中国の文化、主として仏教文化が日本にもたらされると、その影響を受けて、中国風の建物が日本に出現します。6世紀末に奈良県明日香村に建てられた飛鳥寺は日本で最初の仏教寺院で、この建物は中国風のものでした。礎石の上に木の丸柱を立て、柱に梁を渡し、骨組みを作って、上に瓦を葺いた屋根を掛け、周りを木もしくは土で壁を作って囲む。床ははらない、という建物です。以後、仏教寺院はこの形を踏襲しますが、平安時代に入ってからは、床をはるようになりました。今でも奈良の古い寺と京都の寺を比べるとこの差が分かります。禅宗の影響を受けると玄関が設けられ、現代のものと同じものになります。

　仏教寺院の建物で目を引くのは、塔だと思います。これは中国で楼と呼ばれていた高層の建物、仏教上はインドのスツーパの影響下のものです。インドや中国と違って、日本では、小さな石塔を除いては木で作られています。現在、残されているものは五重塔・三重塔という5階建て、3階建ての建物です。奈良県に残る法隆寺の五重塔は世界最古の木造建築と言われています。

　上層階級の住居も次第に仏教寺院の建物の影響を受けて作られるようになりました。以後、現在に至るまで、日本の建物の基本は変わりません。つまり、木造で、木の骨組みを基本として、屋根を掛け、壁を作り、床をはる。西洋のように石やレンガで四角い壁を造って屋根を掛ける。床ははらない、という建物ではないということです。

　神社建築も仏教寺院の影響を受けて作られるようになりますが、こちらは原則的には掘っ立て柱で床の高さが高い高床式の形を取ります。屋根も瓦を置きません。古代の日本建築の名残を留めていると考えられています。伊勢神宮の建物が典型的です。

　ここまで、仏教寺院を中心に日本の建物がどのように作られるようになったかを説明してきました。次に、日本の建物、主として住居がどのように変遷して行ったかを、時代を追いながら説明していきます。その中で、日本の建物の持つ特徴、屋根、建具、畳などにも言及していきたいと思います。最後に城郭の話をします。

　平安時代、いわゆる貴族文化の時代に入ると、日本は次第に中国・朝鮮の影響から離れていくようになりました。さまざまな文化が日本化していったのですが、建物も同様です。もっとも、庶民はあまり変わることはなかったと思います。木の板で作られた簡単な構造の四角い建物です。竪穴式住居に近いものもあったと言われています。したがって、これから説明する住

居は上級階層の建物のことです。古典文学で描かれているような建物ということです。

寝殿造り

　平安貴族の住居の典型は、「寝殿造り」と呼ばれています。『源氏物語』で光源氏が居住している建物がこれです。光源氏のような最上級貴族は国から一町という大きさの土地をもらいました。120m四方くらいの大きさです。この中心に寝殿という主人夫婦が住む大きな建物を南向きに建てます。それで寝殿造りと呼ばれました。一夫婦だけでなく、家族が同居していることも多く、使用人もいました。寝殿一棟では不足します。そこで、必要に応じて、この建物の左右に「対屋」と呼ばれる建物を、さらに不足すれば裏にも別の建物を建てて、渡り廊下でそれらの建物を繋ぎました。さらには、寝殿の前に大きな池を作り、その池に張り出すように遊興のための建物を作り、それも渡り廊下で繋ぎました。

　寝殿造りではこのように一町の中にいくつもの建物が建ち並ぶのが典型的な形でした。残念ながらこのような寝殿造りは現在、残っていません。絵巻物などでその姿を想像するだけです。ただ、京都府宇治市にある平等院は小規模ですが寝殿造りを彷彿とさせます。また、明治になって作られた京都市の平安神宮も寝殿造りに近い形をしています。

　見た目は以上のようなものが寝殿造りですが、建築学的に重要なのは、丸柱で、床は板敷き、中央に「母屋」を作り、周囲に「庇の間」という張り出しによって、建物面積を広げる、建物の中にはほとんど壁を設けない、といった点です。周囲の壁には「蔀」と呼ばれる細かい桟を格子状に打ち付けた板戸をつけ、出入り口は開き戸を主とし、建物の脇だけ遣戸（引戸）とするというものです。京都市の東寺の御影堂はこのような建て方の例です。

　寝殿造りは鎌倉まで上級階級の建物として使われていましたが、大きな欠点がありました。建物の中に部屋を仕切る壁がないということです。これでは実際に生活するのが不便です。したがって、移動式の壁として「屏風」や「几帳」が必要でした。屏風は四角い木枠に紙を貼り、それを蝶番でいくつか繋げたもの、几帳は1本の細い柱の上に横棒を付け、そこから布を垂らしたものです。屏風には絵や和歌を書かれていました。

書院造り

　この欠点を補うために出現したのが、「書院造り」でした。これは角柱、周囲には壁以外ところには「明障子」をはめ、出入り口は引戸、建物内は細かく壁や襖で仕切る、というものです。この建築様式は室町時代の初め頃に原型ができ、桃山時代に完成しました。この建物様式には上記の基本的なあり方以外に付随するものがありました。それは部屋に畳を敷き詰める、主要な部屋には「押し板（床の間）」「付書院」「違い棚」を設けるといったことです。書院造りという名称は部屋に作り付けられた付書院によります。書院造りは現在まで続く日本家屋の基本となりました。したがって、至るところで見ることができます。その中でも最初期のものとして重要なのは京都市の銀閣寺（慈照寺、旧東山殿）にある東求堂です。豪華で最終的な姿を示しているのは京都市の二条城の白書院・黒書院です。

　銀閣寺の東求堂が重要なのは、東山文化の象徴的な意味があるからです。現在に通ずる日本文化の多くはこの時代に形を整えました。書院造りには押し板があったことは先に話しましたが、この設備の目的は掛け軸の飾ることでした。そしてその前には花が活けられ、香が焼かれました。こうして、絵画や字を掛けて部屋を飾る文化が生まれ、華道や香道が成立していきま

した。畳を敷き詰めた座敷では茶が振る舞われました。茶道の成立です。書院造りには違い棚があったと言いましたが、この棚には茶道具が飾られたのです。書院造りという建築様式が人々の集いを促し、もてなしの文化が洗練されていきました。

　心地よい場所とはどのようなところか、わび、さび、などという精神のあり方もこのような考え方から深められていったとしてよいのだと思います。これは後にはわび茶の精神に継承され、書院造りを推し進めたものとして茶室を生み出すことにもなりました。近世の都市民の住居である数寄屋造りも基本的には書院造りを簡素でありながらしゃれたものへと変形させてものです。

　このような日本人の住居観は現代の高層住宅にも受け継がれています。玄関で靴を脱ぎ、1部屋くらいは畳の座敷を設け、花を活ける（い）などという生活空間です。

城郭建築（じょうかく）

　最後に城郭（じょうかく）建築について触れておきたいと思います。現在、一般に典型的な城というと石垣があり、堀が巡らされ、天守閣（てんしゅかく）が聳える（そび）構造物を思い浮かべると思います。このような形の城郭は戦国時代の末期、安土桃山時代（あづちももやま）に完成したものです。戦いに備えるための施設なので、堅固に作られ、天守閣はシンボルタワーであり、戦いの最終場面で立てこもる砦でした。石垣の上に数層の高い建物として作られたのはそのためです。内部は板敷きの床で、窓も小さく、鉄砲や弓矢を撃つための穴が壁にあけられるなど、実用本位に作られています。したがって、普段、城主たちが生活する建物は別にありました。「本丸御殿（ほんまる　ごてん）」などと呼ばれている建物です。これは書院造りを基本とした建物です。残念ながら、遺構はほとんど残っていません。

= Discussion =

1．日本の住宅に入るには靴を脱ぐことが一般です。みなさんの国ではどうでしょうか。そのよい点とよくない点を考えてみましょう。

2．日本には人が生活するための建物、宗教施設としての建物、戦いのための建物などそれぞれ特徴のある建物があります。みなさんの国ではどうでしょうか。

3．日本の住居は近代になっても少しずつ変わってきています。たとえば、夏目漱石の小説に出てくる住居と現在の住居とどのような点が違うでしょうか。

（廣木一人）

コラム　歳時記

　俳句を詠む必要上、気象、天候、植物、動物などの自然の事物、また、人に関わる食物、行事、生活一般で四季に分類できるものを、それを示す「季語」として挙げ、解説、例句を載せたものです。簡単なものは「季寄」とも呼ばれていますが、1803年に曲亭馬琴著『俳諧歳時記』が出版され、大部なものは「歳時記」という名称で呼ばれることが多くなりました。

　1873年から日本では新暦を用いることになりましたが、この時、歳時記は大改革を迫られました。月がひと月ほどずれたからです。これによって、本来、立春に合わせていた1月1日が真冬になってしまいました。今でも新年の挨拶には使う新春、賀春などの言葉を春とすることができなくなったわけです。そこで、四季の分類のほかに、「新年」という分類が設けられることになりました。現在の歳時記は季語を新年・春・夏・秋・冬に分けています。それでも、たとえば、7月7日の七夕の季節を夏とするか旧暦のように秋とするか混乱しています。場所によって、季節感がまったく違うのをどう考えるべきかという問題もあります。

　このように歳時記には矛盾もありますが、一応の基準として、今も四季の豊かな日本というイメージを具体的に表した本として、俳句に限らずに使われています。『料理歳時記』『浮世絵歳時記』などはその例です。

　古典や伝統文化を紹介しながら季語を解説した本は、文学研究にも有用です。大きなものに『図説大歳時記』（角川書店）、『大歳時記』（集英社）などがあります。また、手軽なものとしては、文庫版などの大きさで多く出版されています。

（廣木一人）

日本の庭

庭の起源

　「庭」という言葉はもともと英語のgardenと同じような意味で、作業を行う囲われた場所、家畜を飼う、果樹を植える場所などを指す言葉です。現在の日本でも農家などでは庭で農作業を行っています。寝殿造りの建物や仏教寺院の金堂などの前の庭は儀式を行う場所として使われていました。奈良の東大寺開眼供養の様子、年中行事絵巻に描かれる宮中での儀式の様子を見れば分かります。寝殿造りの邸では池が掘られていましたが、そこは管絃を伴った船遊びのような遊興の場所でした。もっとも、庭に遣り水の流れを作ったり、樹木を植えたりなど、見た目の美しさも配慮されてはいました。『源氏物語』少女巻で描かれている六条院という4つの邸は四季折々の景観が楽しめるように作られています。しかし、基本的にはそれは従たるものだったと言えます。

日本庭園

　このような庭が鑑賞を主眼とした庭になるのは14世紀の南北朝期と考えられます。京都市の西芳寺は、もともとは1339年に禅僧の夢窓疎石によって作られた庭で、「十境」と称する、建造物と風景が趣深く調和するように作られたものでした。これに刺激された当時の貴顕たちはこぞって、都の中にそれに類した庭を造形していきました。摂政になった二条良基の二条殿（現存しない）、足利三代将軍の義満の北山殿（現、金閣寺）などが著名です。

　このような庭が書院造りの建築が成立するに伴って、建物の中から鑑賞するのにふさわしい庭へと変容していきました。押し板（後の床の間）に掛けられた山水絵画と同じような大自然を模した庭です。小さきながら山、滝、水の流れ、池があり、草木が生えているという景色を作り出したものです。部屋に座って鑑賞することが目的なので、「座観式庭園」と言われている日本庭園の成立です。目に見える範囲ということなので、規模はそれほど大きくはありません。

　初期の例は銀閣寺（慈照寺、旧東山殿、現在は庭の中を歩けるようになっている）に残されています。現在、全国の寺院にある庭のほとんどがこのような庭で、京都には多く残されています。料亭などにある庭や一般家庭の庭もこのような庭です。実際は、庭に降りて少しは歩けることが多いのですが、元来は座敷から鑑賞するための庭です。寺院の庭にある池は、仏教的なものということで心という文字をかたどっているとして、心字池と呼ばれることが多くあります。庭を見て仏教的真理を悟れということでしょう。

　以上のように、作られるようになった伝統的な日本庭園というものは、フランス庭園のような平らで前後左右均整の取れた人工物が多い庭、イギリス庭園のような草木をそのままにし、野原のように散策できるような庭、中国庭園のような草木よりも建物や橋など石の造形物、峨々たる石組の多い庭とも違う、日本独自のわび、さびといった美意識にも合致するものとされています。このような造形は日本人の自然観や生活様式によるものでもありますが、仏教思想の影響も多分にあると思われます。

枯山水

　京都市の龍安寺の石庭で知られている「枯山水」の庭は、その変形で、実際の草木や水を使

わないで自然を表現しています。そこには禅の思想が加味され、自然を単純化、抽象化した姿があります。室町時代の中頃に五山文化（京都や鎌倉の五つの禅宗寺院を中心とした文化）の深化とともに完成したもので、一般に規模は小さいながら、そこには自然・世界が凝縮されているといった見方がされています。

庭を楽しむ

「借景」といって、囲われた庭から見える遠方の風景を庭の造形の一部として取り込むことも行われました。近くには人工的に作った自然、遠くには山々が聳えるというような作られ方で、狭い庭でも雄大な風景を作り出すことができます。現代のものですが、島根県にある足立美術館の庭などが有名です。変わったものでは京都市の仁和寺の庭があります。これは庭の遠方に三重塔が見えるように作られています。

このような庭を眺めるだけでなく、入り込んで楽しめるようにしたのが「池泉回遊式庭園」と呼ばれているものです。造形のあり方はそれまでのものと変わりません。自然を模した山や滝、池があり、自然のままに見える四季の草木が植えられているというものです。そこに小道が作られていて、鑑賞者はその道を辿って風景を楽しむわけです。江戸時代の大名の屋敷などの庭として多く作られました。現在、残されているものでは、金沢市の兼六園、岡山市の後楽園、高松市の栗林公園などが規模も大きく、著名なものです。東京にも大名の江戸屋敷があったので、そのような庭がいくつも残されています。小石川後楽園は水戸藩の江戸屋敷の庭、浜離宮恩賜庭園は徳川将軍家の庭でした。

= Discussion =

1. 日本の庭はみなさんの国の庭とどのように違いますか。一般の住宅の庭、宮殿の庭などいくつかの例で考えてみましょう。

2. 日本の庭には植物が重要な要素を占めます。それは四季の移り変わりを感じさせるものとなっています。このようなことをヒントに、日本の庭では人工的な物と自然とがどのように調和しているか話し合ってみましょう。

3. 自分の家に庭を造るとしたら、どのような庭にしたいですか。絵に描いてみましょう。

（廣木一人）

日本の季節と行事Ⅰ（1月から6月まで）

　日本の季節は、一般的に春が3月から5月、夏が6月から8月、秋が9月から11月、冬が12月から2月に分けられています。また、日本は春夏秋冬の四季の違いがはっきりしていると言われます。しかし、国土が東北から南西に細長い島国のため、地域によって気候に大きな違いがあります。南の沖縄は年間平均気温が23度前後で1年を通じて暖かく、一方で北の北海道は半年ほど平均気温が10度以下の冬の季節が続きます。また、日本列島は中央に山岳地帯が連なり、その影響で太平洋側と日本海側で気候や天候に大きな違いが見られます。特に冬の天候は著しく異なり、日本海側が大雪の時に、太平洋側は乾燥した晴天続きということがよくあります。このため、地域によって季節の様相は、異なると言えます。

　ここでは、日本の季節とそれに関係する行事を取り上げますが、行事とは年中行事とも呼ばれ、毎年決まった時期に慣例として行われる祭礼や催しのことです。5月5日の端午の節句のような伝統的なものもあれば、ハロウィンのように近年民間で広まったものもあります。また、行事は個人や家族単位で行う小規模なものから、組織的に行う大規模なものまでいろいろあります。これらの行事は季節との関係が深く、特に伝統的な行事には、旧暦（太陽太陰暦）に由来するものが少なくありません。現在の日本人の生活は、1872（明治5）年から始まった新暦に基づき、行事も新暦で行われることが多いのですが、地域によっては旧暦で行うこともあります。以下では、1月から6月の主な行事について述べます。

　1月は「正月」とも言い、1年の始まりの月です。元日の1月1日は祝日で、元日から3日までを「三が日」と言い、学校や多くの会社なども休みになります。元日の早朝、その年の最初に昇る太陽のことを「初日の出」と言います。初日の出を拝むために、山や海、現在では高層ビルなどの眺めの良い場所に出かけ、日の光に手を合わせ、新年の幸福を祈るのは、年の初めの行事のひとつです。正月を祝うのは、新しい年を迎えるからというだけでなく、新しい年とともに、その家の幸福や五穀豊穣を司る神様（歳神様）をお迎えすると考えられているからです。そのために、年末に家や職場など、それぞれに大掃除が行われて場所が清められ、しめ飾りや門松を飾ったりして神様をお迎えするために準備をします。また、神棚や床の間に鏡餅をお供えします。地域によっては、家の各所に餅を供えたり、また餅に限らず、海、山、里の恵みの食べ物をお供えしたりする風習もあります。神様をお迎えした元日には、家族そろってお節料理や雑煮を食べて、新年を祝います。

　正月の行事としては、その年初めて神社や寺に参詣する「初詣」もあります。初詣は神社に行くことが多いのですが、寺の場合もあり、その年の幸運と御利益を祈ります。近所にある小さな神社から、三が日で数百万人が参拝に訪れる東京の明治神宮などもあり、江戸時代の中期から始まったと言われている初詣は、現在でも廃れることなく続いています。

　2月は「節分」があります。節分は、季節の分かれ目のことで、旧暦では、立春、立夏、立秋、立冬それぞれの前日に当たる各季節の最終日のことでした。現在は、節分と言えば春の始まりである立春の前日（2月3日頃）のことを指します。節分の行事は地域や家によって異なりますが、一般的には「豆まき」を中心に行います。炒った大豆が用いられ、「福は内、鬼は外」

と唱えながら、家の各所に豆を撒きます。節分にやってくる鬼に豆を投げつけて、その邪気を追い払い、内に福を呼び込むという意味があります。残った豆を年の数だけ食べると無病息災の御利益があるとされています。

　3月の行事でまず挙げられるのは、3月3日の雛祭りです。これは女の子の成長と幸福を願う行事で「桃の節句」とも呼ばれ、起源は古代中国の行事や平安時代からの風習にさかのぼると言われています。雛人形を飾り、桃の花や菱餅、雛あられなどを供えます。雛人形は、人形に災いや穢れを移して川や海に流す「流し雛」などの風習に由来します。雛祭りの御馳走は、地域によっても違いがありますが、東京ではちらし寿司、蛤の吸い物、草餅、白酒などが定番です。3月下旬には、「春彼岸」があります。彼岸は季節の変わる節目のひとつで、3月の春分の日と9月の秋分の日を含め、前後の7日間を指します。春分と秋分の日は、彼岸の中日です。彼岸には、先祖の霊を供養するため仏壇に精進料理やぼた餅（おはぎ）を供え、墓参りをします。また、3月は年度の終わりの月で、学校などでは中旬から下旬にかけて卒業式が行われ、別れの季節でもあります。3月下旬には九州や四国で桜が開花し、ひと月余りをかけて、日本列島を桜前線が北上、5月上旬頃に北海道で開花します。

　4月は、日本各地で桜を楽しむ「花見」の行事が行われます。桜の木の下にシートを敷いて、料理やお酒をいただきながら花見を楽しむ人々が大勢います。日本では、役所、一部の企業、学校などで、1年は4月1日から始まり3月31日に終わります。4月は新年度の始まりで、学校や会社では入学式や入社式が行われ、満開の桜や桜吹雪が新たな門出や出会いを祝う象徴的な存在になっています。4月29日から5月5日までの1週間には、昭和の日、憲法記念日、みどりの日、こどもの日の4つの祝日があり、各地でさまざまな行事があります。この1週間を含め、4月下旬から5月上旬は「ゴールデンウィーク」（黄金週間）と呼ばれ、多くの人々が休暇を利用して旅行や各種の行事やイベントを楽しみます。

　5月5日は「こどもの日」で、子供の成長と幸福を祝う休日です。この祝日は、男子の健やかな成長と立身出世を願う「端午の節句」が始まりで、現在でも男子のいる家庭では、鯉のぼりや武者人形を飾ったりして祝います。江戸時代中期以降「鯉は滝を登って龍になる（登龍門）」の故事にならって、出世のシンボルである鯉の幟が掲げられるようになりました。また、武者人形は男子に強さや逞しさを期待して飾られるようになったものです。近年は、家庭で大きな鯉のぼりを飾ることが難しくなったことから、それらを集め、河川の両岸にロープを渡し、たくさんの鯉のぼりを飾るイベントが各地で行われています。端午の節句には、柏餅や粽などの葉で包んだ菓子を食べる風習があります。6月は梅雨の季節で、北海道を除き、長雨が続き気温が下がる梅雨寒の日もあり、天候不順が続くことがあります。しかし、梅雨は水田稲作においては大切な時期で、苗代で育てた苗を水田に移し替える「田植え」が行われます。また、衣替えの季節で、学校などでは制服が一斉に夏服に変わります。

= Discussion =

1．正月の「しめ飾り、門松、鏡餅」にはどのような意味があるのか調べてみましょう。

2．お節料理について調べ、母国の正月料理と比較して、話し合ってみましょう。

（山下喜代）

日本の季節と行事Ⅱ（7月から12月まで）

　日本各地で行われる祭り（祭礼）は代表的な年中行事です。祭りとは、毎年決まった時期に神社などで行う、祈願・感謝・慰霊などのための行事を言うことが多いです。しかし、現代では、何かの記念や祝賀あるいは観光客誘致のためのイベントのことを言うこともあり、行事の内容は様々です。祭りは年間を通じて、各地で行われていますが、夏と秋には特に盛んに行われます。夏祭りは、疫病退散を祈り、豊作豊漁を願う神事に由来するもの、秋祭りは、収穫を祝い、その恵みを神に感謝する神事に由来するものが多くあります。一般的に、神社の祭礼では、神様の乗り物である神輿が祭りの主役で、神輿を担いだ人々が町内を練り歩きます。神輿に随行して人形や花で豪華に飾られた家の形をした山車が続きます。毎年7月に1か月間行われる京都八坂神社の祇園祭は、1000年以上の歴史があります。祇園祭では、山車の一種である山鉾と呼ばれる豪華絢爛な移動屋台が多くの観光客を集めています。以下では、7月から12月の主な行事を取り上げます。

　7月7日は「七夕」です。この夜、織姫と彦星（織女と牽牛）が年に一度だけ天の川を渡って会うという中国の伝説に基づく行事です。この日、細長い色紙の短冊に願い事を書いて笹につるすと願い事がかなうと言われています。これは、宮中行事に由来しているとされていますが、現在でも、幼稚園や小学校では、七夕の時期に、この短冊に願い事を書き笹につるして七夕飾りを作るイベントがあります。また、仙台の七夕祭りのように、豪華絢爛な七夕飾りで有名なものもあります。7月から8月にかけては、花火大会も各地で盛大に行われ、夏の風物詩になっています。その中で、隅田川の花火大会は大規模なことで有名です。

　江戸中期の1733年に、八代将軍徳川吉宗は疫病で亡くなった人々の慰霊と悪霊退散祈願として隅田川の川開きに際し、花火を打ち上げました。これが花火大会の始まりという説もあります。

　8月は月遅れの「お盆」です。お盆は、日本古来の祖先崇拝の風習と仏教の行事が結びついたもので、先祖の霊を家に迎え供養し、再び霊界へと送り出す行事です。先祖は馬に乗って来て、牛に乗って帰ると考えられており、胡瓜の馬と茄子の牛を作って供えます。先祖の霊を迎える前と後には、家族や親族で一緒に墓参りをします。お盆の期間は、もともと旧暦の7月13日から7月16日で、東京など関東地方ではこの時期に行うこともあります。しかし、全国的には、ひと月遅れの8月13日から8月16日に盆行事を行うところが多くなっています。お盆の行事は、地方によってさまざまなものがありますが、13日に先祖の霊を迎えるために家の前で迎え火を、16日には再び霊界に送り出すために送り火を焚いたりします。この送り火で有名なのが、京都五山の送り火です。祇園祭とともに京都を代表する夏の風物詩で、京都盆地を囲む山の五か所で大規模な送り火が灯されます。また、送り火の一種として、「灯籠流し」や「精霊流し」が行われる地方もあります。これらは、死者の霊を霊界に送り返すために、灯籠などを川や海に流す行事です。この時期は、学校は夏休みですが、会社や商店なども休業するところが多く、盆休みを利用して帰省や旅行をする人も多数います。帰省した故郷で、盆踊りを楽しむ人も大勢います。広場に建てられた櫓を囲み、浴衣姿の人々が民謡などに合わせて踊る盆踊りは、元来死者の霊を供養するための行事でした。しかし、現在は庶民の娯楽としてお盆の

時期に全国各地で行われています。

　9月の前半はまだ残暑が厳しい日もありますが、「暑さ寒さも彼岸まで」という言葉があるように9月23日頃、秋の彼岸中日の秋分の日くらいになると、虫の音も聞こえ秋を感じるようになります。9月の行事としては、「月見」があります。中旬から下旬の満月の夜を十五夜、その夜に出る月を中秋の名月と言います。中国の中秋節に当たりますが、日本では、月の良く見える場所にススキの穂を飾り、月見団子や里芋、酒、果物などを供えて、月を眺め秋の実りに感謝をします。このように、供え物をして月見をする家庭は現在では少なくなりました。しかし、毎年中秋の名月はニュースでも伝えられ、夜空を見上げて満月を愛でる習慣は廃れていないと言えるでしょう。

　秋になって、木々の葉が赤や黄色に変わることを「紅葉」と言います。「紅葉狩り」は見ごろになった山野の紅葉を観賞して楽しむことです。紅葉は、9月頃の北海道大雪山系から始まって、2か月くらいかけて南下します。これを紅葉前線と呼ぶことがあります。紅葉狩りは平安時代にはすでに行われていましたが、現在でも10月から11月にかけて各地で紅葉祭りが開催されます。10月の第2月曜日は「スポーツの日」で祝日です。この時期は、各地の学校、会社、地域で運動会が行われ、これらも現代の年中行事の一つと言えるでしょう。

　11月15日は「七五三」です。これは、子どもの健やかな成長を祝い、今後の無事を願うために神社にお参りをする行事です。男子は3歳と5歳、女子は3歳と7歳に祝います。もともとは宮中や武家で行われていたものですが、江戸時代に今日のように一般の家でも祝うようになりました。女子は振り袖、男子は羽織袴などの晴れ着姿でお宮参りをしてから、記念の写真撮影をするのが一般的です。

　12月は1年の締めくくりの月で、家の内外で、いろいろな行事やイベントがあります。家庭では大掃除をして1年の汚れを落とし、新年を迎える準備をします。また、その年にあった苦労を忘れるための「忘年会」と称して、友人や職場の同僚と飲食をするのが恒例行事となっている人も多いです。24日のクリスマスイブと25日のクリスマスは、多くの日本人にとって、キリスト教や自分の宗教とは関係なく、家族や友人とプレゼントを交換したり、御馳走を食べたりして楽しく過ごす日となっています。この日は、ケーキとチキンを食べる日と思う人が多いのか、デパートなどの売り場では買物客で長い行列ができるほどです。

　12月31日は、1年の最後の日の大晦日です。大晦日には、夜に年越しの蕎麦を食べる習慣があります。その由来は諸説ありますが、蕎麦はよくのびるので、長寿を願って蕎麦を食べるとされています。この習慣は江戸時代に定着したとされ、現在でも続いています。大晦日には夜ばかりでなく、一日中蕎麦屋は大勢の客で賑わいます。大晦日の夜を除夜と言います。除夜には12時になる少し前から全国の寺で鐘が鳴り始めます。除夜の鐘は、人間の108の煩悩を払いのけ、新年を迎える意味をこめて、108回鳴らされます。どこからともなく除夜の鐘の音が聞こえてきて、静かに新しい年が明けていきます。

= Discussion =

1．興味を感じた日本の行事について調べて、話し合ってみましょう。

2．自国の祭りと日本の祭りを比較して、共通点や相違点について発表しましょう。

3．日本のクリスマスについてどう思いますか。話し合ってみましょう。　　　　（山下喜代）

日本の民話・日本の遊び

日本の民話

　日本には多くの民話が残っています。「民話」は、民間の名も知れない人々が語り伝えてきた物語をいいます。特定の土地に結びついて、歴史的な事実として語られるのを「伝説」、事実という形をとらないのを「昔話」と、学問的には区別しています。昔話は、学問的には、各地で口伝えに伝えられてきた話を近代に聞き取って文字に記録したものをいいますが、同じような話が、古くから文献に記録されていることもよくあります。そうした文献に見える話は現在知られているものとは違う点が多く、また、昔話は地域によっても違いますが、代表的な昔話を、現在一般に知られている形によって紹介してみましょう。

○「浦島太郎」。浦島太郎は亀に連れられて竜宮城に行き、歓待されました。故郷に帰りたいというと、決して開けてはならないという条件で玉手箱を渡されます。しかし、故郷に帰ると何百年も経っていて、自分の家はなくなっています。悲しんだ浦島が玉手箱を開いてしまうと、たちまち白髪のおじいさんになってしまいました。

　この話は古代からあり、『丹後国風土記』などに記されています。もともとは、異郷で美女と結婚する話でしたが、戻ってきて老人になる点などは変わっていません。類似の話は、アジアなどに多く残っています。

○「こぶとりじいさん」。顔にこぶがあるおじいさんが、ある夜、山で鬼たちが宴会をしているのに出会い、興に乗って踊ります。その踊りがあまりに面白かったので鬼たちは、おじいさんがまたやって来るようにと、大事なものを預かるつもりで、こぶを取ってしまいました。こぶがなくなって喜んでいるおじいさんを見て隣のおじいさんが真似をしますが、踊りが下手だったので、こぶをもう一つつけられてしまいました。

　この話は13世紀初期の『宇治拾遺物語』に見られます。ヨーロッパにもよく似た話が伝わっています。

○「舌切り雀」。おじいさんが、けがをした雀を連れてきて介抱しますが、意地悪なおばあさんに舌を切られてしまい、どこかに飛んで行きました。おじいさんが心配して山に探しに行くと、雀たちが迎えて歓待してくれました。そして、おみやげに大小二つのつづら（肩にかける入れ物）のどちらが良いか尋ねます。おじいさんが小さいつづらを選ぶと、中には宝物が詰まっていました。欲張りなおばあさんが真似をして雀のお宿に行き、大きいつづらをもらいますが、中には蛇や毒虫、汚物などが詰まっていました。

　この話も『宇治拾遺物語』に見られます（腰折れ雀）。韓国などにも類似の話があります。

○「桃太郎」。おばあさんが川でせんたくをしていると、上流から大きな桃が流れてきました。その中から出てきた桃太郎は、元気な少年に育ち、鬼ヶ島の鬼を退治に向かいます。鬼ヶ島に行く途中で、犬・猿・雉に出会い、おじいさん・おばあさんからもらったきびだんごを与えて仲間にします。そして鬼を退治して、宝物を持ち帰りました。

　桃太郎の話は、古い文献にはなく、江戸時代にようやく現れます。しかし、現在では最も有名な昔話の一つです。

　また、「かぐや姫」は、「日本文学の種類Ⅳ」で見た平安時代の『竹取物語』に見える内容が、現在でも知られています。しかし、『今昔物語集』などには少し違った形で伝えられており、類似の話には、卵から生まれた「かぐや姫」の話（『海道記』など）や、羽衣伝説に分類される話などもあります。アジアにはいろいろな形で伝わる話で、チベットでは、『竹取物語』にそっくりな昔話も採集されて話題を呼びました。その他、さまざまな昔話があります。

日本の遊び

　次に、日本の遊びについて述べます。「遊び」は非常に多くのものを含んでいますが、文学に関わるものを中心にしましょう。平安時代から盛んだったのが、「合せもの」と総称される、さまざまなものを二つずつ組み合わせて優劣を競う遊びです。たとえば、「菊合」は菊の美しさ、「絵合」は絵の美しさを競うものです。「歌合」ももとは同種の遊びですが、和歌の発展にともなって、文学の真剣な競技になりました。なお、「貝合」も、もともとは同様に貝殻の美しさを競う遊びでしたが、中世には、多くの貝殻の中から、もとは一つの貝だった二枚の組み合わせを見つける「貝覆」と混同されました。

　体を使う、スポーツのような遊びでは、「蹴鞠」が重要です。革で作った鞠（ボール）を、地面に落とさないように8人ほどでかわるがわる蹴り上げる遊びで、蹴る回数の多少だけではなく、蹴り方や鞠の飛び方にも美しさが求められます。男性貴族のたしなみとして、芸道の一つとしても尊重されました。

　ボード・ゲームでは、囲碁や双六が古い時代に伝来し、盛んに遊ばれました。囲碁は中国起源のようで、日本には奈良時代には伝来し、基本的なルールはそのままで、今でも人気のゲームです。双六は紀元前にエジプトで作られたようで、大陸を経て日本にも7世紀には伝わりました。これは、二人で対戦し、作戦に従い、サイコロの目によって15個の駒を進める、現在ではバックギャモンと呼ばれるゲームです。日本でも古代から非常に流行し、しばしば賭博とも結びついていました。しかし、現在「すごろく」と呼ばれているのは、数人が各自一つずつの駒をサイコロの目に従って進めて行く、子供でも簡単に遊べるゲームで、本来の双六と区別して「絵双六」「道中双六」などと呼ばれます。これは、中国で官職や仏教教理などを覚えるために作られたものが中世後期に伝来したと見られています。また、将棋も平安時代には伝来し、独自に変化しました。日本将棋は、中国将棋や朝鮮将棋とは違いがやや多く、タイ将棋との類似も指摘されています。

　最後にカード・ゲームですが、16世紀のキリスト教伝来に伴って、ポルトガル人によって現代のトランプに近いカルタ（ポルトガル語のcarta）が伝えられました。それが一方では花札を生み、一方では「歌がるた」などを生みました。歌がるたは、和歌を書いた札を取り合うもので、代表的なのが「百人一首」です（「百人一首を楽しもう」参照）。その後、ことわざなどを書いた「いろはがるた」も生まれ、ひらがな一字と絵を描いた札を取り合う、子供でも簡単に遊べるゲームとなって、今でも遊ばれています。

= Discussion =

1．日本の民話とあなたの国の民話の類似点や相違点を比べてみましょう。

2．世界の民話には類似するものがたくさんあります。比較して話し合ってみましょう。

3．知っている日本の遊びを試してみましょう。　　　　　　　　　　　　（佐伯真一）

日本の音楽

古代・中世の音楽

　日本の古代の音楽がどのようなものであったかはよく分かりません。『古事記』や『日本書紀』に収録されている記紀歌謡が音楽を伴っていたことが推測できる程度です。平安時代に宮中で行われた「神楽」「東遊」「催馬楽」などには古代の名残が残っていると考えられています。楽器には打楽器、琴（大和琴）、笛、鈴などがありました。それらは埴輪に造形されていることで確認できますし、発掘もされています。

　大和朝廷が成立する６、７世紀になり、中国、朝鮮との交流が盛んになるとそれらの国の音楽が伝来し、宮廷を中心とした貴族社会で演奏される音楽が作られていくことになります。「林邑楽」というヴェトナム地方のものも入ってくるなど、日本の音楽は国際化されました。それは、「伎楽」や「雅楽」と称されているものです。伎楽は鎌倉時代には滅んでしまったようで、後代まで日本の公的な音楽となったのは雅楽でした。神楽など、先に挙げたような古来の音楽を引きずるものも、楽器などを含め雅楽の影響を強く受けることになりまた。

　雅楽は管弦と打楽器によって演奏される器楽合奏による音楽です。現在は宮内庁式部雅楽部などによって演奏されており、これがもっとも正統的なものです。舞を伴うことも多く、その場合は舞楽と総称されます。『源氏物語』紅葉賀巻で、光源氏が舞を舞い、絶賛される場面が描かれています。

　貴族の個人的な楽しみとして男女ともに琵琶・琴（箏）・横笛・笙などの楽器を演奏することも多く、『源氏物語』にもこれらを演奏する場面がたびたび描かれています。「宇治十帖」の最初の巻、「橋姫」で宇治のふたりの姫君が、月明かりのもと静かな山荘で琵琶と箏を演奏している様子は印象的です。

　このように雅楽は宮廷音楽ですが、西洋の教会音楽のように寺で演奏される宗教（仏教）音楽もありました。「声明」がそれで、僧侶による音楽です。これは平安時代のはじめに最澄や空海によって伝えられたとされています。サンスクリット語・中国語・日本語の歌詞による声楽です。後の平曲や謡曲に大きな影響を与えました。

　「平曲」は鎌倉時代のはじめ頃に『平家物語』などを語る（謡う）ことを主として生まれた音楽で、琵琶を伴奏楽器として用い、ひとりで声と楽器を担当します。

　「謡曲」は南北朝時代に完成した舞台芸能である能に伴う音楽です。西洋のオペラ（オペレッタ・ミュージカル）に類似したものであり、打楽器と笛を伴った声楽曲で、声楽は登場人物および合唱団である「地謡」という役目の人々が担当します。

　中世においては他に、簡単な打楽器のみの伴奏で歌われた「今様」や「早歌」のような民間音楽も存在しました。今様は「白拍子」という特殊な女性芸能者を生み出し、『平家物語』祇王祇女の逸話に描かれています。

近世の音楽

　近世に入り、民衆が社会の表へ登場するようになり、また、沖縄を経由して改良された三味線（三絃）という弦楽器が用いられるようになると、日本の音楽は一変することになります。

特に重要なのは「人形浄瑠璃」を演じるために用いられた浄瑠璃音楽です。これは声楽と三味線による音楽で、舞台の脇で人形の台詞や情景を表現します。義太夫という人がこれを完成させたということで、「義太夫節」と呼ばれています。太棹三味線という日本の楽器の中ではもっとも音楽的な機能を持つ楽器を自在に使った音楽で、日本の音楽の頂点と言ってよいものです。

　近世には歌舞伎も登場しました。音楽付きの演劇ですが、音楽は「長唄」と総称されるものが主で、これは大勢による声楽と三味線・打楽器による音楽です。近世音楽はその他、曲調や考案者の相違によって、「常磐津節」「清元節」など多くに分類されていますが、箏・三味線・尺八（声楽を伴うことがほとんど）による三曲と呼ばれる音楽は、近代になっての宮城道雄などの近代邦楽合奏に繋がるものとして重要なものです。また、現在、「民謡」と呼ばれている音楽も近世後期以後、日本各地に生まれました。民謡は声楽曲ですが、三味線および尺八で伴奏することがほとんどです。踊りを伴うことも多くあります。富山県八尾市の「風の盆」と呼ばれている民謡は近代に入って完成したものですが、胡弓を伴奏楽器として使っていて珍しいものです。

音楽理論

　このように日本の音楽は多様なものですが、その音楽理論は中国の影響を受けて確立しました。楽譜も雅楽のものをはじめとして、音楽の種類ごとに考案されていきました。この点からはヨーロッパよりも先行していたと言ってよいのですが、楽譜などは共通性がなく、例えば、謡曲でも三味線音楽でも少しグループが違うと記し方が相違し、他のグループは利用することができません。五線譜による楽譜も試みられてもいますが、音楽的性格の違いで音の表現が適切にできないでいます。

　日本の音楽はどの音楽も基本的に五音階旋律で作られています。また、声楽曲では発生法もヨーロッパと相違し、「ユリ」（こぶし）などと言われる特殊な音の伸ばし方もあります。このような旋律、歌われ方で作られた音楽は近代・現代の「演歌」と呼ばれるような音楽へと繋がっていて、世界の中のポピュラー音楽の中で特異なものとなっています。

　また、日本にはアイヌや沖縄の音楽もあり、これは上記の音楽とは系譜を異にしています。沖縄音楽は朝鮮のものに近く、現代、好まれて演奏、鑑賞されるようになっています。

= Discussion =

1．日本の音楽というとどのようなものが思い浮かびますか。古い時代のものも現代のものも思いつくものを挙げてみましょう。みなさんの国で有名な日本の音楽がありますか。

2．日本の伝統的な楽器にはどのようなものがあるでしょうか。みなさんの国の楽器と比べてみましょう。

3．能楽、文楽、歌舞伎などの音楽を聴いて、感想を述べ合いましょう。

（廣木一人）

日本の絵画

　日本で絵画の歴史が本格的に始まるのは、7、8世紀からです。古代国家は中国絵画を積極的に輸入し、それらを手本にして組織的に絵画制作を行いました。日本で本格的に制作された現存最古の絵画は、法隆寺金堂壁画と考えられています。浄土の仏と天人を、確かな輪郭線によって、厳かさの中にも優美さのある姿で描いています。色を塗り重ねて、「面」を描く西洋の絵画と異なり、輪郭線を重視する日本の絵画の特徴が早くも表れています。

　中国から輸入された、花と鳥を主題とする「花鳥画」、霊的な自然の風景を描く「山水画」、樹下に佇む、水の精霊である女性を描く「樹下美人図」などは、『万葉集』の歌にも大きな影響を与えました。大伴家持の「春の苑紅にほふ桃の花下照る道に出で立つをとめ〔春の庭園が紅に美しく照り映えている。桃の花の下の照り輝く道に、姿を見せてそこに立ったおとめよ。〕」は、「樹下美人図」からヒントを得た歌です。

　9世紀末から、中国の絵画の模倣からさらに進んで、日本的な絵画が制作されるようになりますが、日本の絵画は文学と密接な関係を持ち続けました。
【9世紀末に始まる「四季絵」「月次絵」と「名所絵」】四季絵は日本の自然や行事（花見・鷹狩など）を春夏秋冬の季節ごとに、月次絵はそれらをさらに細かく12の月ごとに描いたものです。名所絵は「歌枕」として有名な土地を描いたものです。このように、日本の風物を題材とする絵を、平安時代には「やまと絵」と言いました（中国の風物を題材とする絵は「唐絵」）。これらには和歌が書き加えられました。凡河内躬恒の歌「立ちとまり見てを渡らむもみぢ葉は雨と降るとも水はまさらじ〔立ち止まって見てから渡ろう。紅葉は雨のように降っても、川の水かさが増すことはないだろうから。〕」（『古今和歌集』）は、宇多上皇の邸宅の、《川を渡ろうとしている人が、紅葉の散る木の下で馬を控えている》という屏風絵に書いた歌です（書き込まれた歌を「賛」と言います）。四季絵などは、ほとんど現存しませんが、これらの歌から、「四季絵」の題材が和歌にふさわしいものであり、自然を見る人間も描き込まれることもあったことがわかります。

　四季絵などの制作は鎌倉時代で終わりますが、和歌に詠まれるような季節の風物と行事、歌枕の風景を描くことは、近代の「日本画」まで受け継がれてゆきます。その中には、墨一色の濃淡で描く「水墨画」の「檜原図」（16世紀末〜17世紀初）のように、賛の「初瀬山夕越え暮れて宿とへば三輪の檜原に秋風ぞ吹く〔夕暮れに初瀬山を越え、日が暮れて宿を訪ねると、三輪の檜原に秋風が吹くばかり。〕」（『新古今和歌集』）の、「歌枕」の「三輪の檜原に」の句を省略し、絵にこれを託したユニークな作品もあります。
【歌集などの写本の料紙の「下絵」】平安時代以後、『万葉集』『三十六人集』などの歌集の料紙には、金・銀を膠で溶いた金泥・銀泥で、花・鳥・蝶・流水・岩などが描かれました。これを「下絵」と言います。描かれる自然は、吉祥や、季節感を表すものです。読者は絵を楽しみながら、和歌を読みました。『万葉集』最古の写本「桂本」（11世紀半ば）には、「尾長鳥」が虫をついばもうとするユーモアに満ちた絵も描かれています。乾き易い金泥・銀泥を見事なまでに使いこなした平安時代の絵師の技量が窺えます。
【「絵巻物」】物語のうちの一まとまりの文章である「詞書」とその内容を描いた絵を一組（こ

れを「一段」と言います）として、この一組を連続的に継いだ書物が「絵巻物」です。このスタイルの書物は中国に始まります（女官への戒めを描いた『女史箴図』など）。日本では10世紀末に、物語の流行とともに発達しました。『源氏物語』には、『竹取物語』などの絵巻物が登場します。現存する絵巻物は、12世紀半以後のもので、「源氏物語絵巻」・「紫式部日記絵巻」・「枕草子絵巻」などがあります。戦乱の時代に入ってゆく中、上皇や貴族は、平安時代の最盛期の文学と文化に憧れました。これらの絵巻物では、人物の顔は類型的に「引目鉤鼻」（細い目に、「く」の字型の鼻）で描かれています。一筋に見える目は、実はいくつも線で描かれ、微妙な表情を持っています（白畑よし『やまと絵』）。一方、説話文学や軍記物語の絵巻物も制作されました。躍動的な輪郭線が、武士や庶民の生き生きとした動きを表現しています。

【歌人の肖像画の「歌仙絵」】 師の肖像画を尊重する中国の禅宗の影響を受けて、12世紀から肖像画が盛んに描かれるようになりました。奈良・平安時代の歌人の人柄を絵によってなつかしみながら、それぞれの代表作を味わうのが「歌仙絵」です。「佐竹本三十六歌仙絵巻」（13世紀）が代表作です。「歌仙絵」は、百人一首カルタにも受け継がれています。

【「浮世絵」】 鎌倉時代後期から、「やまと絵」ということばは、平安時代以来の、日本的な情趣を重んじる絵画の様式を意味するようになりました。江戸時代の風俗画である浮世絵も、この意味のやまと絵の流れを汲むものです。浮世絵には、肉筆画（手で描いた絵）と木版画がありますが、大きな発展を見せたのは木版画です。浮世絵木版画の母胎となったのが、江戸時代の小説本でした。菱川師宣は、西鶴の『好色一代男』などの小説の挿絵を描く絵師でした。やがて浮世絵版画を独立して鑑賞できるものにしました。しかし、浮世絵版画が小説から独立した後も、江戸時代を通じて、小説の挿絵は描かれ続けました。読者である町人にとって絵は、小説を読む楽しみを何倍にもしてくれるものであり、絵師にとっては、新しいテーマや色彩の技法に挑戦する場であったのです。江戸時代後期を代表する浮世絵師の葛飾北斎も、小説の挿絵を数多く描きました。

【近代絵画と文学】 1960年代頃までは、日本画家の鏑木清方が泉鏡花の小説の挿絵を、洋画家の岡鹿之助が堀辰雄の小説の挿絵を描いたように、多くの画家たちが文学作品の挿絵に関わっていました。また、洋画家の青木繁は、『古事記』から題材を得て、生命力のみなぎる「海の幸」（1904年）などを、日本画家の安田靫彦は、近代の「歌仙絵」と言える、気品のある「大伴宿禰家持像」（1948年）などを制作しました。

『大和物語』（尾形月耕（1859-1920）画、1897刊）
〔青山学院大学図書館蔵〕

= Discussion =

1．あなたの国にはどのような絵画がありますか。それは、文学とはどのような関係にありますか。

2．日本における文学と絵画の関係を、西洋における聖書と絵画の関係と比べてみましょう。

3．絵巻物の特徴は何でしょうか。　　　　　　　　　　　　　　　　　　　　（小松靖彦）

「百人一首」を楽しもう

百人一首の成立

　現在、一般に「百人一首」と呼ばれているものは、藤原定家の撰とされている「小倉百人一首」のことです。これがカルタ（歌留多）というカード・ゲームとして使われるようになったのは、江戸時代のはじめの頃です。そこで、このゲームのことの説明はあとに回して、しばらく、「百人一首」という和歌撰集について話しておきたいと思います。

　「百人一首」成立に関わる記事に、定家の日記『明月記』があります。1235年5月27日の記事で、そこに「私はもともと字が上手に書けないのですが、嵯峨中院の家の襖障子に貼る色紙形を私に書くようにと、宇都宮頼綱が強く願うので、見苦しい字であるが仕方なく書いて送りました。天智天皇から藤原家隆・飛鳥井雅経まで、古代からの現代までの歌人の歌を一首ずつ書いたものです」（もとは漢文）と書かれています。頼綱は定家の子である為家の結婚相手の父親です。この頼綱の別荘が京都市右京区の嵯峨野の中院、小倉山の麓というところにあり、この時、為家もその別荘にいました。定家の別荘も近くにありました。このような関係の中で定家は「色紙形」を書くことを頼まれたのです。後に「小倉山荘色紙和歌」と呼ばれています。この時のものとされている五島美術館所蔵の「小倉色紙」は縦17cm、横15cm程度の色彩豊かに装飾された紙に歌を書いたものです。頼綱はこれを自分の別荘の襖障子（装飾のある厚手の紙を木枠に貼った引戸）に貼って部屋を飾ろうとしたのです。

　定家は「百人一首」とは別に「百人秀歌」（実際には101首ある）という歌集も編纂しています。これは「百人一首」とほとんど同じです。頼綱のための色紙はこの「百人秀歌」だろうと推測されています。百という数にしたのは区切りがよかったことと、当時、百首和歌という、百首をひとまとめとすることが多く行われていたことにもよります。

　「百人一首」はその後、あまり注目されることがなかったのですが、南北朝時代に入って、少しずつ知られるようになり、注釈書も多く書かれるようになりました。足利九代将軍、義尚が「新百人一首」を編纂するなど、別の歌人、歌を集めた多種の「百人一首」も作られるようになります。こうなると、区別が必要になり、もともとのものを「小倉百人一首」と呼ぶようになりました。

百人一首の歌

　歌は、ほぼ、作者の生存年代順に並べられています。最初の歌は天智天皇の次の歌です。

　　秋の田の仮庵の庵の苦を粗み我が衣手は露に濡れつつ

　　　（秋の実りを刈り取るために作業小屋として仮に作った庵にいると、穴の開いた苦葺きの屋根
　　　から露がこぼれてくる。その露で私の衣の袖は濡れてしまっていることだ。）

　この歌は『後撰和歌集』から取られました。もともと『万葉集』時代の庶民の生活を詠んだ歌のようですが、これを庶民のつらい生活の分かる理想的な天皇像を示すものとして、天智天皇の歌としたものです。

　「百人一首」の歌は『古今和歌集』から『続後撰和歌集』までの10代の勅撰和歌集から採択されています。ただし、末尾の後鳥羽院と順徳院父子の歌は定家が選んだのではないとされています。「百人秀歌」にはないからです。この時代、このふたりは鎌倉幕府の政敵として、島流しになっていました。最後に置かれている順徳院の歌は次の歌です。

　　百敷や古き軒端のしのぶにもなほ余りある昔なりけり
　　　　（宮中の古い建物の軒に垂れ下がる忍草よ、その名のように昔のことを忍んでいると留めなく
　　　　思い出されることだ。）

　この歌からは自分たちが栄えていた時代を懐かしむ気持ちが読み取れないでしょうか。ひとつ前の後鳥羽院の歌はもっと強く現状を嘆く気持ちが表明されています。このように見てくると先に紹介した天智天皇とされる歌が第1番目に置かれている意味が分かると思います。つまり、最初と最後の歌に理想的な聖代への憧れを表明したのです。「百人一首」はこのような思いが込められた歌集としてできあがったのでした。
　「百人一首」をゲームとして楽しみつつ、時にはこの歌集に込められた意図を読み取ってみるのも面白いのではないでしょうか。いわば、「百人一首」の謎解きです。
　政治的な背景のありそうな歌を読みましたので、恋の歌も読んでみたいと思います。『蜻蛉日記』の作者として著名な藤原道綱母の歌です。

　　嘆きつつひとり寝る夜の明くる間はいかに久しきものとかは知る
　　　　（あなたが来ないのを歎きながら寝る夜は、夜明けまでどれほど長いかを思い知ることです。
　　　　あなたはそのつらさを知っていますか。）

　道綱母は夫の藤原兼家の訪れを待ち続けていました。ところがなかなか兼家は訪れない。ようやく訪ねてきたので道綱母はつらい思いを知ってもらうために、その夜は扉を開けなかった。その翌朝、兼家に送った歌です。
　もう一首、藤原定家の歌を挙げておきます。

　　来ぬ人を松帆の浦の夕なぎに焼くや藻塩の身も焦がれつつ
　　　　（松帆の浦で夕方、いつまでも私のところに来てくれない人を待ち続けている。この浦では塩
　　　　を作るために焼く藻塩の煙が風のない夕方に空にまっすぐに立ち昇っているが、私もそのよ
　　　　うに恋に思いに身を焼きながら。）

　松帆の浦に住む乙女に託して詠まれた恋の歌です。技巧的な面もありますが、乙女の強い恋心が空に立ち昇っていく一筋の煙に込められ、印象的に描かれています。

ゲームとしての百人一首
　このような内容、性格を持つ「百人一首」がゲームとなったのには、藤原定家という歌人への敬意、複雑な内容、技巧を持つ歌集として、室町時代から多くの歌人たちに関心が寄せられ、

注釈書も書かれたという背景があったためと考えられます。

　ゲームとしては単純で、５７５７７の和歌を５７５の上句と７７の下句で分け、それを合わせる早さを競うというものです。これは平安時代から行われていた「貝覆」もしくは「貝合」と呼ばれた遊びを踏襲したもので、貝殻を紙に変えたということになります。このことは、江戸時代の「百人一首」の読み札が上句しか、取り札が下句しか書かれていないことを見ても分かります。貝殻を紙に変えたことについては、16世紀にポルトガルから伝えられたゲームカード（トランプ）の影響があると考えられています。このゲームは日本ですでに「天正かるた」などを生み出していました。

　江戸時代の著名な「百人一首」には「光琳かるた」と称されているものがあります。これは尾形光琳が18世紀のはじめごろに作ったとされているもので、現在のものと同様に上句の札には歌人の絵が描かれています。カルタの形状ではない「百人一首絵」というものも多く書かれていましたが、小振りのカードに描かれたものは手軽であったのだと思います。印刷されたものもあります。「百人一首」の流行は、高価な色紙のようなものではなくとも、あこがれの和歌の書かれた歌人絵（歌仙絵）を庶民が手にすることができたことにもあったのだと思います。

現代の百人一首

　現代のゲームとしての「百人一首」は読み手が絵札に書かれた歌を読み、その歌の下句に合致する字札を取り手が何枚取るかによって、勝敗を決めるのが基本です。一般的な遊戯では、取り手は５名から８名くらいが適切です。真ん中にばらばらに取り札（字札）を置いて、取り手はその周りを囲みます。読み手は少し抑揚を付け、ところどころ声を延ばしながら読みます。この読み方は和歌会で和歌を披露する時に用いられた読み方を変形したものです。和歌会での

『百人一首かるた』（江戸中期から後期）〔青山学院大学図書館蔵〕

歌の披露は「披講」と呼ばれているもので、「講師」という役割の人が、提出された和歌を、少し抑揚を付けて読み上げ、その後、「発声」「講頌」という役割の人がメロディーを付けて歌うことで行います。現在、正月に宮中で「歌会始め」という行事が行われ、毎年、テレビ放映されています。そこで和歌会の様子を見聞きすることができます。

　「百人一首」の読み方はCDやインターネットで紹介されています。それらはそのまま、ゲームにも使えるので、ひとりでカルタ取りの練習をすることもできます。

　ゲームのやり方には、二組に分かれたグループで勝ち負けを決める源平というやり方もあります。これは取り札を二つに分けて、自分側の札が早くなくなれば勝ち、というやり方です。自分側の札を取れば当然、自分側の札が少なくなりますし、相手方の札を取った場合は自分の方の札を相手の方に並べるということで、同じことです。

　このような源平のやり方を競技化したものが、「競技カルタ」と呼ばれているものです。1904（明治37）年に始まったとされています。グループではなく、一対一で勝敗を決めます。取り札は半分しか使いません。並べられた札をいかに記憶するか、取りやすいところに置くかなどが重要ですが、反射神経も必要で、スポーツと言ってよいようなものです。

　読み札つまり上句が読み始められた時にいかに早く下句を頭に浮かべられるかが勝負を決しますが、そのためには上句をすべて聞いてからでは間に合いません。そこで、歌によって、どこまで聞けば下句を知ることができるかが鍵になります。これを決まり字と言っています。一文字（一音）だけで、下句が分かるものが一番早く取れることになるわけで、まず、これを覚えることから練習します。「む」「す」「め」「ふ」「さ」「ほ」「せ」で始まる歌です。

　現在、競技カルタに関しては全日本かるた協会という全国組織があります。ここの主催によって、「百人一首」の最初の和歌に因んで、天智天皇が祀られている滋賀県の近江神宮で毎年、名人戦、クィーン戦が行われています。競技カルタに取り組むサークルは各地の高校や大学にあります。

= Discussion =

1．「百人一首」の中で好きな歌をいくつか挙げ、どうして好きかを述べてみましょう。

2．「百人一首」には恋の歌が多いのですが、みなさんが100の詩を選んだら、どのような内容のものが多くなりますか。

3．「百人一首」のゲームをやってみましょう。上手になるにはどのようなことが必要でしょうか。

（廣木一人）

古文を読むために—古典文法の学び方—

はじめに

　古文と現代文とは、どこがどの程度異なるのでしょうか。基本的な構造や使用する語彙にはそれほど大きな変化はありません。例として、有名な和歌を2首見てみましょう。

　　A　秋来ぬと目にはさやかに見えねども風の音にぞおどろかれぬる

（『古今集』秋上・169・藤原敏行）

　　B　思ひつつ寝ればや人の見えつらむ夢と知りせばさめざらましを

（『古今集』恋二・552・小野小町）

ほとんどの語が現代と共通していて、漠然とならば意味がわかるかもしれません。しかし、その一方で細かい言い回しは現代とは異なっていることにも気づくでしょう。その部分を原文に忠実に読解しようとする場合には、古典文法の理解が必要となります。

　読解する上での現代語と古文との大きな違いとして、仮名遣い・活用語・語法などが挙げられます。仮名遣いについては「歴史的仮名遣いの読み方」（P.16）を参照してください。

　以下は、まず古典文法の基本として活用語について述べた上で、その中でも特に重要な助動詞を中心に説明します。後半ではその他の特徴として、助詞・特殊な構文・尊敬語について述べます。それらを踏まえて、上の2首はどのように解釈できるのかも考えてみましょう。

1、活用語について

○活用語とは

　日本語は語と語が接続する際に語の形（おもに語尾）が変化することがある言語です。これは古文から現代文に至るまで共通の特徴です（「日本語の特徴」は本書P.18参照）。

　　　〈古文の例〉　　歩く＋ず→歩かず　　　　歩く＋ば→歩けば

　　　〈現代語の例〉　歩く＋ない→歩かない　　歩く＋ば→歩けば

　このような語と語の接続による語形の変化を「活用」と呼び、語形が変化するものを「活用語」と呼びます。活用語には［動詞・形容詞・形容動詞・助動詞］があります。それに対して活用のない品詞には［名詞・連体詞・副詞・接続詞・感動詞・助詞］があります。

　活用がない名詞などの品詞は、そのまま辞書を引けば意味にたどり着けます。しかし、活用がある品詞は語形が変化しますので、文章で見た形のままで辞書を引いても、その語にたどり着けないことがあります。

○活用形

　活用語の変化は、基本的には下にどのような語が接続するかによって決まります。上の例ですと、「歩く」に「ず」（ない）が接続する場合は、「歩か」という形になります。このように「ず」などに接続する形を「未然形」と呼びます。下に接続する語がない、つまり文がそこで終わる場合は「歩く」となり、これは「終止形」と呼びます。この終止形が活用語の基本形であり、辞書を引くときはその語の終止形で調べることになります。

　古典文法における活用形は〔未然形・連用形・終止形・連体形・已然形・命令形〕の６種類です。連用形は主に活用語（用言）が接続した際の形、連体形は主に体言（名詞等）が接続する形、已然形は助詞「ば」などが接続する形（口語文法では「仮定形」）、そして命令形です。

○活用の種類

　接続によって活用語の語形（語尾）が変化すると述べましたが、その変化には一定のパターンがあります。動詞を例にすると、最も多いのは、「聞く」「読む」など、未然形（「ず」などと接続）となる時に「聞か（ka）ず」「読ま（ma）ず」など、活用する部分の語尾が「a」音になるものです。これは連用形ではi、終止形・連体形ではu、已然形・命令形ではoの形となり、a・i・u・o（ア・イ・ウ・オ）の四段の母音で活用しますので、「四段活用」と呼びます。この他に、イの段のみで変化する上一段、イ・ウ段の二段で変化する上二段、エ段のみで変化する下一段など９種類あります。形容詞・形容動詞はそれぞれ２種類があります。

　これらを急いで全て丸暗記する必要はないでしょう。ただし、動詞の中で特に重要なものとして、「来」（カ行変格活用）と「す」（サ行変格活用）を挙げておきます。使用頻度が高く、活用の変化が大きいので、注意しておきましょう。

○助動詞

　活用と接続を理解するために比較的解り易い動詞を例に説明してきましたが、最も重要なのが助動詞です。助動詞は主に動詞などの活用語に接続して、意味を付け加えるものです。付け加える意味は「打消」（否定）や、「意志」「完了」など様々で、解釈の肝心な部分に関わる重要なものが多くあります。一語が短く活用の変化が大きいことや、助動詞にさらに助動詞が接続して意味が追加されることもあって、慣れが必要です。

　助動詞の一部を載せておきました。種類が多く、中にはよく似たものもあり、類似した助動詞を識別する際には活用と接続の組み合わせを確認して判断することになります。

　ここからは実例を参考にしつつその仕組みを解説します。先に挙げたＡの「秋来ぬと…」の歌の前半を、助動詞を中心に見ます。活用表を見ながら活用や接続を確認してみましょう。

種類	四段活用	上二段活用	カ行変格活用	サ行変格活用
基本形	聞く	落つ	来	す
語幹	き	お	（く）	（す）
未然形 〜ズ	か	ち	こ	せ
連用形 〜タリ	き	ち	き	し
終止形 〜。	く	つ	く	す
連体形 〜コト	く	つる	くる	する
已然形 〜ドモ	け	つれ	くれ	すれ
命令形	け	ちよ	こ・こよ	せよ
行	カ	タ	カ	サ
語例	書く・言ふ	用ふ・老ゆ	「来」のみ	おはす

動詞活用表（抄出版）

カ変動詞「来」連用形　助動詞「ぬ」終止形
秋　来　ぬ　と

形容動詞・連用形　下二段動詞「見ゆ」未然形
目には さやかに　　　見え

助動詞「ず」已然形　接続助詞・逆接
ね　　　　ども

「秋来ぬと」は、名詞の「秋」にカ行変格活用動詞の「来」が続いていますが、この「来」が連用形となり、完了の助動詞「ぬ」の終止形に接続しています。

　ここで「接続」について確認をします。助動詞「ぬ」の活用表の「接続」の項を見ると「連用形」とあります。これは活用語が「ぬ」に接続するときには連用形となる決まりがあるという意味です。なお、ここでの「来」は連用形ですので、読むときには「あききぬと」になります。秋が来るという動作が完了した意味なので、訳は「秋がやってきた」ということです。「目にはさやかに」はほぼそのままの意味で、目にははっきりとは、となります。「見えねども」は下二段動詞「見ゆ」の未然形「見え」に、打消の助動詞「ず」の已然形「ね」が接続し、その後に助詞「ども」が接続していて、意味は、見えないけれども、となります。

　Bの「思ひつつ寝ればや人の見えつらむ夢と知りせばさめざらましを」の一部も見てみましょう。

下二段動詞「見ゆ」連用形　完了「つ」終止形　推量「らむ」連体形
見え　　　つ　　らむ　…

下二段「覚む」未然形　助動詞「ず」未然形　助動詞「まし」終止形　接続助詞・逆接
さめ　　ざら　　　まし　　　を

「見えつらむ」は下二段動詞「見ゆ」の連用形に、完了の助動詞「つ」の終止形が接続し、さらに推量の助動詞「らむ」の連体形が接続したものです。意味は「見える」という動作が完了し、それを推量しているものなので、見えたのだろうか、の意です。ある人を夢に見て、その夢が終わって目覚めて、夢を見た理由を推量している内容となります。なお、「らむ」は終止形・連体形ともに「らむ」の形ですが、ここでは「係り結び」によって連体形となっています。

助動詞活用表（抄出）

種類	打消	完了	完了	推量	推量
語	ず	つ	ぬ	らむ（らん）	まし
未然形	（ず）ざら	て	な	○	ましか（ませ）
連用形	ず　ざり	て	に	○	○
終止形	ず	つ	ぬ	らむ（らん）	まし
連体形	ざる	つる	ぬる	らむ（らん）	まし
已然形	ざれ	つれ	ぬれ	らめ	ましか
命令形	ざれ	てよ	ね	○	○
活用の型	特殊型	下二段型	ナ変型	四段型	特殊型
接続	未然形	連用形	連用形	終止形（ラ変型には連体形）	未然形
意味	打消（…ナイ）	完了（…タ／…テシマッタ）、並列（…タリ…タリ）	完了（…タ／…テシマッタ）、強意（キット…／タシカニ…）	現在推量（…テイルダロウ）、原因推量（ドウシテ…ダロウ）、伝聞・婉曲（…ソウダ）	反実仮想（モシモ…トシタラ…ダロウ）、ためらいの意志（…ショウカシラ）

係り結びは次節で説明します。

「さめざらましを」は下二段動詞「覚む」の未然形「覚め」に打消の助動詞「ず」の未然形「ざら」が接続し、それに推量の助動詞「まし」の終止形が接続、さらに逆接の接続助詞「を」が続いています。意味は、「覚めなかっただろうに」となります。

以上のように、助動詞は解釈の重要な部分に大きく関わっています。これを自分自身で読み解けると、一層古典が身近になり、面白くなってくることでしょう。上の2例では打消の助動詞「ず」は「ね」「ざら」の形で出てきました。活用の変化が大きいので、とまどうかもしれません。また、助動詞に助動詞が接続する場合なども複雑に感じるでしょう。ただし、これらは使用例が多いものなので、構造を意識しながら何度か読んで慣れてゆくうちに身に付くはずです。

2、その他の重要事項

ここからはその他の重要な事項をいくつか挙げてゆきます。

○助詞

助詞は助動詞と同じ付属語で、意味を付加するものです。細分化すると［格助詞・接続助詞・副助詞・係助詞・終助詞・間投助詞］があります。短いながらも用法は様々で、解釈上で重要なことが多いものです。ただし活用がないため、識別は比較的簡単です。また、意味用法においても口語と大きく変わらないものが多々あります。例えばAの歌の中では「秋来ぬと」の「と」が引用の意の格助詞ですが、これは現代語と同様の意味です。「見えねども」の「ども」は逆接の確定条件の接続助詞です。「ども」は已然形接続ですので上接の「ね」が「ず」の已然形であることの識別の助けとなりますが、意味の上では現代語の「けれども」と同様です。

・接続助詞

助詞の中で注意しておきたいものとして、［接続助詞］の「ば」「が」「に」「を」「で」「つつ」などがあります。

例　十月のつごもり　　　なる　　に、もみぢ　散ら　で盛りなり（『更級日記』）
<small>断定の助動詞「なり」連体形　　　　　　四段動詞「散る」未然形</small>

　　　　　　十月の最後だというのに、紅葉は散らないでまっさかりである。

「に」は逆接で「～のに、～けれども」の意、「で」は打消の接続で「～ないで」の意です。このように現代語にはないものの解釈に関わる語は覚えておくとよいでしょう。

・係助詞と係り結び

係り結びにも触れておきます。文は通常は終止形で終わりますが、次に挙げる係助詞が文中にある場合は、文末の語は特定の活用形となり、意味が付加されます。

「ぞ」「なむ」…文末は連体形。強意。
例　A　風の音にぞおどろかれ　　ぬる
<small>完了の助動詞「ぬ」連体形</small>

　　　　　　　　　風の音で気がついたことだ。〈気づいたことを強調〉

「や」「か」…文末は連体形。疑問・反語。
例　B　思ひつつ寝ればや人の見えつ　　らむ
<small>推量の助動詞「らむ」連体形</small>

　　　　（あの人を）思いながら寝たからあの人を（夢に）見たのだろうか。〈疑問〉

「こそ」…文末は已然形。強意。
例　月見れば千々にものこそ悲し　　　　けれ　　　　（『古今集』大江千里）
<small>詠嘆の助動詞「けり」已然形</small>

94

月をみると様々にもの悲しいことだ〈もの悲しさを強調〉

解釈の上では疑問・反語となる「や」「か」は特に重要です。また強意の場合は訳の上では気にする必要はありませんが、鑑賞の上ではどの部分が強調されているのかは注意しておくと良いでしょう。

○**呼応の副詞（陳述の副詞）**

副詞の中には、文中にその副詞が出ると一定の形で対応（呼応）するものがあります。叙述の副詞、陳述の副詞などとも言います。良く出る例を挙げておきます。

「え…打消」（…できない）　　　え答へず（答えられない）

「つゆ…打消」（まったく…ない）　つゆおとなふ物なし（まったく音を立てる物がない）

「な…そ」（…してはいけない、しないでほしい）

蟋蟀いたくな鳴きそ（蟋蟀よそんなに鳴かないでほしい）

○**その他の構文**

細かい文法的な説明は省きますが、次も構文として覚えておくと良いでしょう。

「…ましかば〜まし／…せば〜まし」（もし…なら〜だろうに）

B　夢と知りせば覚めざらましを（もし夢だと知っていたら覚めなかっただろうに）

これは反実仮想と言い、現実とは異なった状態を想像するものです。上の例はBの歌の最後の箇所です。実際には夢だと気づかずに、目覚めて後悔している心を表現しています。

○**敬語**

現代では敬語は相手への敬意の表現あるいは単に丁寧な表現のような意味合いが強くなっています。しかし階級社会の中で成立した古典文学の、特に宮廷などを舞台として描く散文作品では厳密な使い分けがなされています。

まず敬語には、動詞が変化するものと、動詞に補助動詞あるいは助動詞が接続するものがあります（詳しくは文法書や国語便覧などに所収の敬語一覧表を参照）。

例　　動詞「行く」は尊敬では動詞「おはす」、謙譲では動詞「参る」を用いる。

動詞「ときめく」に尊敬の補助動詞「給ふ」を接続し、「ときめき給ふ」。

敬語には［尊敬・謙譲・丁寧］の三種類があります。その文の語り手（書き手）が［動作の主体・動作の対象・聞き手（読み手)］のどれを敬っているのかで判断すると簡便です。

（1）尊敬…文の語り手（書き手）が動作主体（主語）を尊敬。

法皇「あれはいかに」と仰せければ（『平家物語』）

「仰す」は「言ふ」の尊敬語。動作主体である法皇に対する敬意。

（2）謙譲…文の語り手（書き手）が動作の対象（目的語）を尊敬。

いみじく静かに、公（おほやけ）に御文奉り給ふ（『竹取物語』）

「奉る」は「与ふ」の謙譲語。かぐや姫が「御文」（手紙）を奉った対象である「公」（帝）に対する敬意。

（3）丁寧…文の語り手（書き手）が聞き手（読み手）を尊敬。

「浪の下にも都のさぶらふぞ」（『平家物語』）

「さぶらふ」は「あり」の丁寧語。語り手から聞き手への敬意。

基本は以上の通りです。

　古文の敬語の難しいところは、高貴な人物が何人も登場する場面などで、動作主体と動作対象の双方に敬意を表現する必要があり、尊敬と謙譲が組み合わされた文例が多々あることです。次の場面を見てみましょう。これは『源氏物語』「桐壺」巻で、桐壺帝（天皇。光源氏の父）と桐壺更衣（光源氏の母。桐壺帝の子を産んでいるので「御息所」と呼ばれている）が登場する場面です。病気がちな桐壺更衣（御息所）が宮中から退出しようと望むのですが、桐壺帝が彼女を離そうとしない場面です。

　　　その年の夏、御息所、はかなきここちにわづらひて、まかでなむとしたまふを、暇 さらに許させたまはず。年ごろ、常のあつしさになりたまへれば、御 目馴れて、「なほしばしこころみよ」とのみのたまはするに、日々におもりたまひて（略）

「まかで」（まかづ）は退出する意の謙譲語です。動作の主体は御息所（桐壺更衣）ですが、退出する対象である宮中（帝）への敬意を表しています。その後の「たまふ」は退出しようとする動作主体である御息所（桐壺更衣）への敬意です。帝も御息所も高貴な身分ですので、語り手は双方への敬語を使用しているわけです。また、天皇などの特に高貴な人物には、尊敬語を重ねる最高敬語（二重敬語）が用いられます。「許させたまはず」は四段動詞「許す」に尊敬の助動詞「さす」の連用形に尊敬の補助動詞「給ふ」の未然形が接続しています。最高敬語が用いられる対象は天皇などに限定されますので、主語が示されていない場合にも読解の助けとなります。

・文法と読解

　古文では主語が明示されていない場合が多く、読解に苦しむことがあります。そうした際に、前節で述べたように敬語が主語を推定する手がかりになることがあります。身分階級によって彼らは敬語を使い分けているので、主語が記されていなくとも、敬語が用いられる人物とそうでない人物で判断ができる場合は少なくありません。また、例外もありますが、接続助詞「を」「に」「ば」「ども」の後では、主語が交替する場合があります。これらを併せて、主語を確認しつつ上の文を訳してみましょう。「その年の夏に、御息所（桐壺更衣）は、ふとした病にかかって、（帝の居る宮中を）退出申し上げようとされるのだが、（帝は）全くお許しにならない。（御息所は）ここ数年いつも病気がちでいらしたので、（帝は）御目が慣れて、「もう少しこのまま様子を見なさい」とばかり仰せになられるのだが、（御息所は）日々病が重くなられて（略）」となります。

おわりに

　古典作品と向きあって、読解を精密に行うには文法の理解が必要となります。覚えなくてはならないことが多いような印象を受けたかも知れません。しかし、一覧表を丸暗記するよりは、実際に多くの古文に触れながら、よく出てくる表現の文法を確認するといった方が、作品をいっそう楽しみながらできる学習方法ではないでしょうか。

　なお、紙面の都合で、品詞分類表や活用表などは一部しか掲載できません。これらは常用国語便覧や文法入門書、古語辞典の附録にも載っていますので適宜参照してください。

（山本啓介）

日本古典文学史略年表

一般事項の〔　〕内は外国

西暦	日本	文学史事項	一般事項
600	推古 8		遣隋使派遣
618	推古26		〔唐王朝成立〕
645	大化 1		乙巳の変（大化の改新）
663	天智 2		白村江の戦
668	天智 7		〔高句麗滅亡〕
672	天武 1		壬申の乱
701	大宝 1		大宝律令
710	和銅 3		平城京遷都（**奈良時代**）
712	和銅 5	『古事記』	
720	養老 4	『日本書紀』	
732	天平 4	『豊後国風土記』『肥前国風土記』	
733	天平 5	『出雲国風土記』	
751	天平勝宝 3	『懐風藻』	
752	天平勝宝 4		東大寺大仏開眼
759	天平宝字 3	『万葉集』の中で最も新しい歌	
785	延暦 4	大伴家持没	
794	延暦13		平安京遷都（**平安時代**）
797	延暦16	『続日本紀』	
807	大同 2	『古語拾遺』	
814	弘仁 5	『凌雲集』	
818	弘仁 9	『文華秀麗集』	
824	天長 1	『日本霊異記』これ以前成立	
827	天長 4	『経国集』	
880	元慶 4	在原業平没	
893	寛平 5	『新撰万葉集』	
894	寛平 6		遣唐使廃止
900	昌泰 3	『菅家文草』	
901	延喜 1	『日本三代実録』（六国史の最後）	
903	延喜 3	『菅家後集』菅原道真没	
905	延喜 5	『古今和歌集』	
907	延喜 7		〔唐滅亡〕
909	延喜 9	『竹取物語』これ以前成立	
918	延喜18		〔高麗王朝成立〕
926	延長 4		〔渤海滅亡〕
935	承平 5	『土佐日記』	将門の乱・〔新羅滅亡〕
940	天慶 3	『将門記』この年以降成立か	
951	天暦 5	『後撰和歌集』撰進開始 『大和物語』この頃以降に成立	
957	天徳 1	『伊勢物語』この前後に成立？	
960	天徳 4		〔宋（北宋）王朝成立〕
974	天延 2	『蜻蛉日記』この後間もなく成立	
984	永観 2	『三宝絵』	

987	永延1	『うつほ物語』この頃までに成立	
999	長保1	『枕草子』この頃成立か	
1007	寛弘4	『拾遺和歌集』これ以前に成立か	
1008	寛弘5	『源氏物語』これ以前に成立	
1020	寛仁4	『和漢朗詠集』この頃までに成立	
1025	万寿2	和泉式部この頃生存	
1027	万寿4		藤原道長没
1037	長暦1	『栄花物語』正編これ以前に成立	
1060	康平3	『更級日記』	
1065	治暦1	『本朝文粋』この頃成立か	
1083	永保3	『狭衣物語』この頃までに成立か	
1092	寛治6	『栄花物語』続編この頃成立か	
1120	保安1	『大鏡』この頃成立か　『今昔物語集』これ以後に成立	
1127			〔金が北宋を滅ぼす　南宋が成立〕
1170	嘉応2	『今鏡』この頃成立	
1185	文治1		平氏滅亡（**鎌倉時代**）
1188	文治4	『千載和歌集』	
1195	建久6	『水鏡』これ以前に成立か	
1197	建久8	『古来風躰抄』（初撰本）	
1201	建仁1	『無名草子』『松浦宮物語』これ以前に成立	
1205	元久2	『新古今和歌集』	
1209	承元3	『近代秀歌』	
1210	建暦2	『方丈記』	
1215	建保3	『古事談』この頃までに成立	
1216	建保4	『発心集』これ以前に成立	
1219	承久1	『保元物語』『平治物語』『平家物語』の原初の本文、この頃までに成立か	
1220	承久2	『愚管抄』（一次本）	
1221	承久3		承久の乱
1234	文暦1		〔モンゴルが金を滅ぼす〕
1235	嘉禎1	『百人秀歌』成立か　『小倉百人一首』もこの頃成立か	
1242	仁治3	『宇治拾遺物語』これ以後に成立	
1252	建長4	『十訓抄』	
1254	建長6	『古今著聞集』	
1269	文永6	『万葉集註釈』	
1274	文永11		蒙古襲来（文永の役）
1279	弘安2	『十六夜日記』この頃成立	〔元、南宋を滅ぼす〕
1281	弘安4		蒙古襲来（弘安の役）
1283	弘安6	『沙石集』	
1296	永仁4	『宴曲集』これ以前に成立	
1306	徳治1	『とはずがたり』これ以後に成立	
1312	正和1	『玉葉和歌集』	
1322	元亨2	『元亨釈書』	
1330	元徳2	『徒然草』この頃成立	
1333	建武1		鎌倉幕府滅亡（**南北朝時代**）

1346	貞和2	『風雅和歌集』	
1349	貞和5	『竹むきが記』	
1357	延文2	『菟玖波集』	
1361	康安1	『曽我物語』（真名本）これ以後に成立か	
1368	応安1		〔朱元璋、明を建国〕
1375	永和1	『太平記』この頃成立か	
1376	永和2	『増鏡』これ以前に成立	
1392	明徳3		南北朝統一 **（室町時代）** 〔朝鮮王朝成立〕
1400	応永7	『風姿花伝』この頃成立	
1411	応永18	『義経記』この頃成立か	
1439	永享11	『新続古今和歌集』	
1443	嘉吉3	世阿弥没か。これ以前に「高砂」「井筒」 「砧」他成立	
1463	寛正4	『ささめごと』	
1467	応仁1		応仁の乱 **（戦国時代）**
1471	文明3	『古今和歌集両度聞書』	
1478	文明10	『百人一首抄』	
1495	明応4	『新撰菟玖波集』	
1499	明応8	『竹馬狂吟集』	
1501	文亀1	『文正草子』これ以前に成立	
1518	永正15	『閑吟集』	
1531	享禄4	『おもろさうし』（巻一）成立か	
1539	天文8	『犬筑波集』この頃成立	
1540	天文9	『守武千句』	
1573	天正1		織田信長、足利義昭を追放 **（安土桃山時代）**
1578	天正6	『天正狂言本』	
1592	文禄1		文禄の役
1593	文禄2	『隆達小歌』（百五十章本）	
1597	慶長2		慶長の役
1599	慶長4	『ぎやどぺかどる』	
1600	慶長5		関ヶ原の戦 **（江戸時代）**
1603	慶長8	『日葡辞書』	江戸開府
1608	慶長13	『日本大文典』	
1614	慶長19		大坂冬の陣
1615	元和1		大坂夏の陣　元和偃武
1621	元和7	『野槌』	
1622	元和8	『信長記』	
1623	元和9	『醒睡笑』 『竹斎』この頃成立	
1625	寛永2	『太閤記』	
1633	寛永10	『犬子集』	
1637	寛永14		島原の乱
1639	寛永16	『仁勢物語』この頃成立	
1643	寛永20	『新増犬筑波集』	
1645	正保2	『毛吹草』	

1648	慶安 1	『山之井』	
1651	慶安 4	『俳諧御傘』	
1655	明暦 1	『紅梅千句』	
1660	万治 3	『本朝百人一首』『東海道名所記』この頃成立	
1661	寛文 1	『因果物語』	
1662	寛文 2	『江戸名所記』	
1664	寛文 4	『糸竹初心集』	
1666	寛文 6	『伽婢子』	
1668	寛文 8	『一休咄』	
1673	延宝 1	『生玉万句』	
1675	延宝 3	『談林十百韻』	
		『源氏物語湖月抄』	
1676	延宝 4	『類船集』	
1682	天和 2	『好色一代男』	
1683	天和 3	『虚栗』	
		「世継曽我」初演	
1685	貞享 2	『西鶴諸国ばなし』	
		「出世景清」初演	
1686	貞享 3	『好色五人女』	
		『好色一代女』	
1687	貞享 4	『男色大鑑』	生類憐みの令
		『武道伝来記』	
		『野ざらし紀行』この頃成立	
1688	元禄 1	『日本永代蔵』	
		『武家義理物語』	
1689	元禄 2	『本朝桜陰比事』	
		『曠野』	
1690	元禄 3	『幻住庵記』『万葉代匠記』	
		『ひさご』	
1691	元禄 4	『猿蓑』	
1692	元禄 5	『世間胸算用』	
1694	元禄 7	『炭俵』	
1696	元禄 9	『万の文反古』	
1701	元禄14	『けいせい色三味線』	
1702	元禄15	『奥の細道』	赤穂浪士討ち入り
		『三冊子』成立	
1703	元禄16	『松の葉』「曽根崎心中」初演	
1704	宝永 1	『去来抄』この頃成立	
1705	宝永 2	「用明天王職人鑑」初演	
1707	宝永 4	「堀川波鼓」初演	富士山大噴火
		「心中重井筒」初演	
1709	宝永 6	『笈の小文』	
1710	宝永 7	『松の落葉』	
1711	正徳 1	「冥途の飛脚」初演	
1712	正徳 2	『読史余論』	
1715	正徳 5	『世間子息気質』	
		「国性爺合戦」初演	

1716	享保 1	『折たく柴の記』これ以後に成立	
1717	享保 2	『世間娘気質』	
1719	享保 4	「平家女護島」初演	
1720	享保 5	「心中天の網島」初演	
1721	享保 6	「女殺油地獄」初演	
1727	享保12	『田舎荘子』	
1728	享保13	『両巴卮言』	
1738	元文 3	『難波土産』	
1746	延享 3	「菅原伝授手習鑑」初演	
1747	延享 4	「義経千本桜」初演	
1748	寛延 1	「仮名手本忠臣蔵」初演	
1749	寛延 2	『英草紙』	
1750	寛延 3	『駿台雑話』	
1751	宝暦 1	「一谷嫩軍記」初演	
1752	宝暦 2	『当世下手談義』	
1760	宝暦10	『万葉（集）考』脱稿	
1761	宝暦11	「助六所縁江戸桜」初演	
1763	宝暦13	『根南志具佐』	
1765	明和 2	『誹風柳多留』初編刊	
1766	明和 3	『諸道聴耳世間猿』	
1768	明和 5	『西山物語』	
1769	明和 6	『万葉（集）考』刊	
1770	明和 7	「神霊矢口渡」初演	
		『遊子方言』	
1771	明和 8	「妹背山婦女庭訓」初演	
1773	安永 2	『本朝水滸伝』前編刊	
1775	安永 4	『金々先生栄花夢』『去来抄』刊	
1776	安永 5	『三冊子』刊　『雨月物語』	
1778	安永 7		ロシア船蝦夷地に来る
1782	天明 2	『御存商売物』	
1783	天明 3	『万載狂歌集』	浅間山大噴火　天明大飢饉
1785	天明 5	『江戸生艶気樺焼』	
1787	天明 7	『鶉衣』『通言総籬』	
1790	寛政 2	『古事記伝』（～1822）	寛政異学の禁
		『心学早染草』『傾城買四十八手』	
1795	寛政 7	『玉勝間』（～1812）	
1799	寛政11	『源氏物語玉の小櫛』	
1801	享和 1	『父の終焉日記』	
1802	享和 2	『東海道中膝栗毛』（～1822）	
1805	文化 2	『藤簍冊子』（～1806）『桜姫全伝曙草紙』	
1806	文化 3	『雷太郎強悪物語』	
1807	文化 4	『椿説弓張月』（～1811）	
1808	文化 5	『春雨物語』	
1809	文化 6	『浮世風呂』（～1813）	
1813	文化10	『浮世床』（～1823）	
1814	文化11	『南総里見八犬伝』（～1842）	
1825	文政 8	「東海道四谷怪談」初演	異国船打払令

1826	文政 9	『雅言集覧』（〜1849）	
1828	文政11		シーボルト事件
1829	文政12	『近世説美少年録』（〜1832）	
		『偐紫田舎源氏』（〜1842）	
1832	天保 3	『春色梅児誉美』（〜1833）	
		『江戸繁昌記』（〜1836）	
1836	天保 7	『日本外史』この頃刊	
1837	天保 8		大石平八郎の乱
1839	天保10		蛮社の獄
1841	天保12		天保の改革
1847	弘化 4	『声曲類纂』	
1852	嘉永 5	『おらが春』	
1853	嘉永 6		ペリー浦賀来航
1854	安政 1	「都鳥廓白浪」初演	
1855	安政 2		安政大地震
1859	安政 6		安政の大獄
1860	万延 1	「三人吉三廓初買」初演	桜田門外の変
1862	文久 2	「青砥縞花紅彩画」初演	生麦事件
1866	慶応 2	『西洋事情』初編刊	
1867	慶応 3		大政奉還

執筆者現職（50音順。2021年3月31日現在）

遠藤　星希　（えんどう・せいき）　法政大学文学部准教授
小松　靖彦　（こまつ・やすひこ）　青山学院大学文学部日本文学科教授
佐伯　真一　（さえき・しんいち）　青山学院大学文学部日本文学科教授
澤田　　淳　（さわだ・じゅん）　青山学院大学文学部日本文学科教授
西本あづさ　（にしもと・あづさ）　青山学院大学文学部英米文学科教授
廣木　一人　（ひろき・かずひと）　前青山学院大学文学部日本文学科教授
韓　　京子　（はん・きょんじゃ）　青山学院大学文学部日本文学科准教授
帆苅　基生　（ほがり・もとお）　青山学院大学非常勤講師
山下　喜代　（やました・きよ）　青山学院大学文学部日本文学科教授
山本　啓介　（やまもと・けいすけ）青山学院大学文学部日本文学科准教授

　本書は、2016年度青山学院大学教育改善支援制度の支援を受けて、青山学院大学文学部日本文学科が製作し、2017年2月17日に刊行した『留学生のための日本文学入門』に基づく。この旧版の後、新たな執筆者を加えて増補・改訂し、和泉書院より刊行するものである。
　なお、旧版の製作の過程では、2016年10月1日に開催したワークショップ「海外の大学における日本文学教育の現状と提言」において、ハルミルザエヴァ・サイダ（ウズベキスタン）、ナームティップ・メータセート（タイ）、アンドレイ・ベケシュ（スロベニア）の各氏から、貴重な提言を賜った。改めて御礼申し上げる次第である。

留学生のための日本文学入門

2021年3月30日　初版第1刷発行

編著者　青山学院大学文学部日本文学科
発行者　廣橋研三
発行所　和泉書院
　　　　大阪市天王寺区上之宮町7‐6　（〒543-0037）
　　　　電話 06-6771-1467／振替 00970-8-15043
印刷・製本　遊文舎
ISBN978-4-7576-0995-2 C1091